ＴＲＡＮＳＬＡ（stylized）

Translated Language Learning

Les Aventures d'Alice au Pays des Merveilles

Οι περιπέτειες της Αλίκης στη χώρα των θαυμάτων

Lewis Carroll

Français / Ελληνικά

Dans le Terrier du Lapin
Κάτω από την τρύπα του κουνελιού

Alice commençait à être très fatiguée

Η Αλίκη είχε αρχίσει να κουράζεται πολύ

Elle était assise à côté de sa sœur sur le talus d'herbe

Καθόταν δίπλα στην αδελφή της στην όχθη του γρασιδιού

Mais elle n'avait rien à faire

Αλλά δεν είχε τίποτα να κάνει

Sa sœur lisait un livre

Η αδελφή της διάβαζε ένα βιβλίο

une ou deux fois, Alice jeta un coup d'œil dans le livre

μία ή δύο φορές η Αλίκη κρυφοκοίταξε στο βιβλίο

Mais le livre ne contenait ni images ni conversations

Αλλά το βιβλίο δεν είχε εικόνες ή συνομιλίες

« À quoi sert un livre sans images ? » pensa Alice

«Σε τι χρησιμεύει ένα βιβλίο χωρίς εικόνες;», σκέφτηκε η Αλίκη

« Pourquoi un livre n'aurait-il pas de conversations ? »

«Γιατί ένα βιβλίο να μην έχει συζητήσεις;»

Mais elle avait d'autres choses à considérer

Αλλά είχε άλλα πράγματα να εξετάσει

« Faire une chaîne de marguerites serait un plaisir »

"Κάνοντας μια αλυσίδα μαργαρίτες θα ήταν μια
ευχαρίστηση"
« Mais cela vaut-il la peine de se lever et de cueillir les
marguerites ?? »
"Αλλά αξίζει τον κόπο να σηκωθείτε και να μαζέψετε τις
μαργαρίτες;"
Ce n'était pas si facile d'y penser
Αυτό δεν ήταν τόσο εύκολο να το σκεφτεί κανείς
parce que la journée la rendait somnolente et stupide
Επειδή η μέρα την έκανε να νιώθει νυσταγμένη και ηλίθια
Mais soudain, ses pensées s'interrompirent
Αλλά ξαφνικά οι σκέψεις της διακόπηκαν
un lapin blanc aux yeux roses courait près d'elle
ένα λευκό κουνέλι με ροζ μάτια έτρεξε κοντά της

Il n'y avait rien de trop remarquable chez le lapin
Δεν υπήρχε τίποτα υπερβολικά αξιοσημείωτο για το
κουνέλι
et Alice ne trouvait pas non plus le lapin remarquable
και η Αλίκη δεν σκέφτηκε ούτε το κουνέλι αξιοσημείωτο
elle ne s'étonna pas non plus quand le Lapin parla
ούτε την εξέπληξε όταν μίλησε το κουνέλι

« Oh mon Dieu ! Je serai trop tard ! se dit-il
«Ω αγαπητέ! Θα είναι πολύ αργά!» είπε στον εαυτό του
mais alors le Lapin a fait quelque chose que les lapins n'ont pas fait
αλλά τότε το κουνέλι έκανε κάτι που τα κουνέλια δεν έκαναν
le Lapin tira une montre de la poche de son gilet
το κουνέλι έβγαλε ένα ρολόι από την τσέπη του γιλέκου του
Il regarda l'heure puis se hâta
Κοίταξε την ώρα και μετά έσπευσε
Alice se leva, stupéfaite
Η Αλίκη σηκώθηκε στα πόδια της, έκπληκτη
Elle n'avait jamais vu un lapin avec un gilet auparavant !
Δεν είχε ξαναδεί κουνέλι με γιλέκο!
elle n'avait jamais vu non plus de lapin avec une montre !
Ούτε είχε δει ποτέ κουνέλι με ρολόι!
Alice brûlait d'une nouvelle curiosité
Η Αλίκη καιγόταν από μια νέα περιέργεια
et elle courut à travers le champ après le Lapin
και έτρεξε πέρα από το χωράφι πίσω από το κουνέλι
Elle était juste à temps pour voir le lapin disparaître
Ήταν ακριβώς πάνω στην ώρα για να δει το κουνέλι να εξαφανίζεται
Le lapin sauta dans un grand terrier de lapin
Το κουνέλι πήδηξε κάτω σε μια μεγάλη τρύπα κουνελιού
Un instant plus tard, Alice s'est mise à courir après le lapin !
Σε μια άλλη στιγμή, κάτω πήγε η Αλίκη μετά το κουνέλι!
Le terrier du lapin continuait tout droit comme un tunnel
Η κουνελότρυπα πήγαινε κατευθείαν σαν τούνελ
Et le tunnel a continué à avancer sur une certaine distance
Και το τούνελ συνέχισε για κάποια απόσταση
Et puis le chemin s'est soudainement incliné
Και τότε το μονοπάτι ξαφνικά βυθίστηκε
Alice n'eut pas un instant pour songer à s'arrêter
Η Αλίκη δεν είχε ούτε μια στιγμή να σκεφτεί να σταματήσει τον εαυτό της

Elle s'est retrouvée à tomber et à tomber
Βρέθηκε να πέφτει κάτω και κάτω και κάτω
Il semblait qu'elle était tombée dans un puits très profond
Φαινόταν σαν να είχε πέσει κάτω από ένα πολύ βαθύ πηγάδι
Ou le puits était très profond, ou bien elle tombait très lentement
Είτε το πηγάδι ήταν πολύ βαθύ, είτε έπεσε πολύ αργά
parce qu'elle avait tout le temps de tomber
επειδή είχε αρκετό χρόνο να πέσει
alors qu'elle tombait, elle pouvait regarder tout autour d'elle
Καθώς έπεφτε, μπορούσε να κοιτάξει γύρω της
D'abord, elle a essayé de comprendre où elle allait
Πρώτον, προσπάθησε να καταλάβει πού πήγαινε
mais le puits était trop sombre pour voir quoi que ce soit
Αλλά το πηγάδι ήταν πολύ σκοτεινό για να δει οτιδήποτε
Puis elle regarda les côtés du puits
Τότε κοίταξε τις πλευρές του πηγαδιού
Et elle remarqua qu'il y avait des placards tout autour d'elle
Και παρατήρησε ότι υπήρχαν ντουλάπια γύρω της
et tout autour du puits il y avait des étagères de livres
και γύρω από το πηγάδι υπήρχαν ράφια βιβλίων
Çà et là, elle voyait des cartes et des tableaux accrochés à des piquets
Εδώ κι εκεί έβλεπε χάρτες και εικόνες κρεμασμένες σε μανταλάκια
En passant, elle prit un bocal sur l'une des étagères
Κατέβασε ένα βάζο από ένα από τα ράφια καθώς περνούσε
Le pot a été étiqueté pour son contenu
Το βάζο επισημάνθηκε για το περιεχόμενό του
« MARMELADE D'ORANGES »
"ΜΑΡΜΕΛΑΔΑ ΑΠΟ ΠΟΡΤΟΚΑΛΙΑ"
Mais, à sa grande déception, le pot de marmelade était vide
Αλλά, προς μεγάλη της απογοήτευση, το βάζο μαρμελάδας ήταν άδειο
Elle ne voulait pas laisser tomber le pot de marmelade vide
Δεν ήθελε να ρίξει το άδειο βάζο μαρμελάδας

et sa chute fut très lente

και η πτώση της ήταν πολύ αργή

Elle a donc réussi à mettre le pot de marmelade dans l'un des placards

Έτσι κατάφερε να βάλει το βάζο μαρμελάδας σε ένα από τα ντουλάπια

Tombée, descendue, tombée !

Κάτω, κάτω, κάτω πέφτει!

La chute prendrait-elle fin ?

Θα τελείωνε ποτέ η πτώση;

Il n'y avait rien d'autre à faire

Δεν υπήρχε τίποτα άλλο να κάνουμε

alors Alice commença bientôt à se parler à elle-même

έτσι η Αλίκη σύντομα άρχισε να μιλάει στον εαυτό της

« Je vais beaucoup manquer à Dinah ce soir, je pense ! »

«Η Ντίνα θα μου λείψει πολύ απόψε, πρέπει να σκεφτώ!»

Dinah était le chat d'Alice

Η Ντίνα ήταν η γάτα της Αλίκης

« J'espère qu'ils se souviendront de sa soucoupe de lait à l'heure du thé »

«Ελπίζω να θυμούνται το πιατάκι της με το γάλα την ώρα του τσαγιού»

« Dinah, ma chère, je voudrais que tu sois ici avec moi ! »

«Ντίνα, αγαπητή μου, μακάρι να ήσουν εδώ κάτω μαζί μου!»

Alice sentit qu'elle s'assoupissait

Η Αλίκη ένιωθε ότι κοιμόταν

Et puis soudain, bruit sourd ! bourrade!

Και ξαφνικά, χτυπήστε! Πλήγμα!

Elle tomba sur un tas de bâtons

Κάτω έπεσε πάνω σε ένα σωρό ξύλα

et elle atterrit sur un tas de feuilles sèches

Και προσγειώθηκε σε ένα σωρό από ξερά φύλλα

et enfin la longue chute dans le trou était terminée

Και τελικά η μεγάλη πτώση κάτω από την τρύπα τελείωσε

Alice n'était pas du tout blessée

Η Αλίκη δεν πληγώθηκε λίγο

Et elle se leva d'un bond au bout d'un instant

Και πήδηξε μέσα σε μια στιγμή

Elle leva les yeux, mais il faisait noir au-dessus de sa tête

Κοίταξε ψηλά, αλλά ήταν όλα σκοτεινά πάνω από το κεφάλι

Devant elle se trouvait un autre long couloir

Μπροστά της ήταν ένας άλλος μακρύς διάδρομος

et le Lapin Blanc était toujours en vue

και το Λευκό Κουνέλι ήταν ακόμα ορατό

Il se hâtait dans le couloir

Έτρεχε στο διάδρομο

Il n'y avait pas un instant à perdre

Δεν υπήρχε ούτε μια στιγμή για χάσιμο

Alice s'enfuit comme le vent

μακριά έτρεξε η Αλίκη σαν τον άνεμο

Au coin de la rue, le lapin s'est retourné

γύρω από τη γωνία γύρισε το κουνέλι

Elle était juste à temps pour entendre le lapin

Ήταν ακριβώς πάνω στην ώρα για να ακούσει το κουνέλι

« "Oh, mes oreilles et mes moustaches »

""Ω, τα αυτιά και τα μουστάκια μου"

« Comme il est tard ! »

«Πόσο αργά γίνεται!»

Elle était tout près derrière le lapin

Ήταν κοντά πίσω από το κουνέλι

Elle tourna au détour d'un autre coin

Γύρισε σε μια άλλη γωνία

mais le Lapin n'était plus visible

αλλά το κουνέλι δεν φαινόταν πια

Elle se retrouva dans une longue salle basse

Βρέθηκε σε μια μεγάλη, χαμηλή αίθουσα

La salle était éclairée par une rangée de plafonniers

Η αίθουσα φωτιζόταν από μια σειρά φωτιστικών οροφής

Il y avait des portes tout autour de la salle

Υπήρχαν πόρτες γύρω από την αίθουσα

mais toutes les portes étaient fermées à clé

αλλά όλες οι πόρτες ήταν κλειδωμένες

Elle marcha tout le long d'un côté de la salle

Περπάτησε μέχρι τη μία πλευρά της αίθουσας

et elle avait fait tout le chemin de l'autre côté de la salle

Και είχε περπατήσει μέχρι την άλλη πλευρά της αίθουσας

Elle avait essayé toutes les portes

Είχε δοκιμάσει κάθε πόρτα

et elle marchait tristement au milieu de la salle

Και περπάτησε λυπημένη στη μέση της αίθουσας

« Comment vais-je jamais en sortir ? »

«Πώς θα ξαναβγώ ποτέ;»

Tout à coup, elle tomba sur une petite table

Ξαφνικά ήρθε πάνω σε ένα μικρό τραπέζι

La table était entièrement en verre massif

Το τραπέζι ήταν κατασκευασμένο εξ ολοκλήρου από συμπαγές γυαλί

Il n'y avait rien sur la table à part une petite clé dorée

Δεν υπήρχε τίποτα στο τραπέζι εκτός από ένα μικροσκοπικό χρυσό κλειδί

La clé pourrait appartenir à l'une des portes !

Το κλειδί μπορεί να ανήκει σε μία από τις πόρτες!

Mais, hélas ! Certaines serrures étaient trop grandes pour les clés

Αλλά, αλίμονο! Μερικές από τις κλειδαριές ήταν πολύ μεγάλες για τα κλειδιά
et pour les autres serrures, la clé était trop petite
και για τις άλλες κλειδαριές το κλειδί ήταν πολύ μικρό
mais, en tout cas, la clef n'ouvrit aucune des portes
Αλλά, εν πάση περιπτώσει, το κλειδί δεν άνοιξε καμία από τις πόρτες
Mais que devait-elle faire ?
Αλλά τι έπρεπε να κάνει;
Elle traversa de nouveau le couloir
Πέρασε ξανά από την αίθουσα
et cette fois, elle remarqua un rideau bas
Και αυτή τη φορά παρατήρησε μια χαμηλή κουρτίνα
Derrière le rideau se trouvait une petite porte
Πίσω από την κουρτίνα υπήρχε μια μικρή πόρτα
La porte avait une quinzaine de pouces de haut
Η πόρτα ήταν περίπου δεκαπέντε ίντσες ψηλά
Elle essaya la petite clé dorée dans la serrure
Δοκίμασε το μικρό χρυσό κλειδί στην κλειδαριά
Et à sa grande joie, la clé s'est glissée dans la serrure !
Και προς μεγάλη της χαρά, το κλειδί ταιριάζει στην κλειδαριά!
Alice ouvrit la porte
Η Αλίκη άνοιξε την πόρτα
et elle trouva la porte qui donnait sur un petit couloir
Και βρήκε την πόρτα να οδηγεί σε ένα μικρό διάδρομο
Le couloir n'était pas beaucoup plus grand qu'un trou à rats
Ο διάδρομος δεν ήταν πολύ μεγαλύτερος από μια τρύπα αρουραίων
Elle s'agenouilla et regarda le long du couloir
Γονάτισε και κοίταξε κατά μήκος του διαδρόμου
et elle a vu le plus beau jardin que vous ayez jamais vu
Και είδε τον ωραιότερο κήπο που έχετε δει ποτέ
comme elle avait envie de sortir de cette salle sombre
Πόσο λαχταρούσε να βγει από εκείνη τη σκοτεινή αίθουσα
comme elle voulait se promener parmi ces fleurs lumineuses
Πώς ήθελε να περιπλανηθεί ανάμεσα σε αυτά τα φωτεινά

λουλούδια
Comme ces fontaines avaient l'air cool et rafraîchissantes
Πόσο δροσερά αναζωογονητικά φαίνονταν αυτά τα
σιντριβάνια
Mais elle ne pouvait même pas passer la tête par la porte
Αλλά δεν μπορούσε καν να πάρει το κεφάλι της μέσα από
την πόρτα
— Oh ! dit Alice d'un ton lugubre
«Ω», είπε η Αλίκη θρηνώντας
comme je voudrais pouvoir me plier comme un télescope !
«Πόσο θα ήθελα να μπορούσα να διπλώσω σαν
τηλεσκόπιο!»
« Je pense que je pourrais me plier comme un télescope »
«Νομίζω ότι θα μπορούσα να διπλώσω σαν τηλεσκόπιο»
« Si seulement je savais par où commencer »
"αν ήξερα μόνο πώς να ξεκινήσω"
Alice retourna à la table
Η Αλίκη επέστρεψε στο τραπέζι
Il y avait la chance de trouver une autre clé
Υπήρχε η πιθανότητα να βρεθεί ένα άλλο κλειδί
Ou il pourrait y avoir un livre de règles
ή μπορεί να υπάρχει ένα βιβλίο κανόνων
Le livre pourrait lui apprendre à se plier comme un télescope
Το βιβλίο θα μπορούσε να της πει πώς να διπλώσει σαν
τηλεσκόπιο
Cette fois, elle trouva une petite bouteille
Αυτή τη φορά βρήκε ένα μικρό μπουκάλι
**« cette bouteille n'était certainement pas là auparavant, » dit
Alice**
«Αυτό το μπουκάλι σίγουρα δεν ήταν εδώ πριν», είπε η
Αλίκη
**et autour du goulot de la bouteille était attachée une
étiquette en papier**
και δεμένη γύρω από το λαιμό του μπουκαλιού ήταν μια
χάρτινη ετικέτα
**L'étiquette était magnifiquement imprimée en grandes
lettres**

Η ετικέτα ήταν όμορφα τυπωμένη με μεγάλα γράμματα
« BOIS-MOI »
«ΠΙΕΣ ΜΕ»
« Non, je vais regarder d'abord », a-t-elle dit
«Όχι, θα κοιτάξω πρώτα», είπε
« Je vais voir si la bouteille est marquée comme toxique ou
non, »
«Θα δω αν το μπουκάλι έχει επισημανθεί ως δηλητηριώδες
ή όχι»
Parce qu'elle n'a jamais oublié la leçon sur le poison
γιατί ποτέ δεν ξέχασε το μάθημα για το δηλητήριο
« Si une bouteille est étiquetée comme toxique, elle est
forcément en désaccord avec vous »
"Εάν ένα μπουκάλι χαρακτηρίζεται δηλητηριώδες, είναι
βέβαιο ότι θα διαφωνήσει μαζί σας"
Cependant, cette bouteille n'a pas été marquée comme
toxique
Ωστόσο, αυτό το μπουκάλι δεν χαρακτηρίστηκε ως
δηλητηριώδες
alors Alice se hasarda à goûter le contenu de la bouteille
έτσι η Αλίκη τόλμησε να δοκιμάσει το περιεχόμενο του
μπουκαλιού
Elle trouva le liquide tout à fait à son goût
Βρήκε το υγρό αρκετά της αρεσκείας της
La boisson avait une sorte de saveur mélangée
Το ποτό είχε ένα είδος μικτής γεύσης
tarte aux cerises, crème pâtissière et ananas
τάρτα κερασιού, κρέμα και ανανά
Rôtir la dinde, le caramel et le pain grillé au beurre chaud
Ψητή γαλοπούλα, καραμέλα και τοστ με ζεστό βούτυρο
et elle finit bientôt la bouteille
Και σύντομα τελείωσε το μπουκάλι
« Quelle curieuse sensation ! » dit Alice
«Τι περίεργο συναίσθημα!» είπε η Αλίκη
« Je me plie comme un télescope ! »
«Διπλώνω σαν τηλεσκόπιο!»
Et elle se repliait comme un télescope !

Και πράγματι διπλωνόταν σαν τηλεσκόπιο!
Elle n'avait plus que dix pouces de haut
Ήταν τώρα μόνο δέκα ίντσες ύψος
et son visage s'éclaira à ses pensées
και το πρόσωπό της έλαμπε στις σκέψεις της
Maintenant, elle était de la bonne taille pour la petite porte
Τώρα ήταν το σωστό μέγεθος για τη μικρή πόρτα
Maintenant, elle pouvait aller dans ce joli jardin
Τώρα μπορούσε να πάει σε αυτόν τον υπέροχο κήπο
Bientôt, elle a cessé de devenir plus petite
Σύντομα σταμάτησε να μικραίνει
Elle décida d'aller tout de suite dans le jardin
Αποφάσισε να πάει αμέσως στον κήπο
mais, hélas pour la pauvre Alice !
αλλά, αλίμονο για την καημένη την Αλίκη!
Elle arriva à la porte
Έφτασε στην πόρτα
Mais elle avait oublié la petite clé d'or
Αλλά είχε ξεχάσει το μικρό χρυσό κλειδί
Elle retourna à la table pour prendre la clé
Επέστρεψε στο τραπέζι για το κλειδί
Mais elle s'aperçut qu'elle ne pouvait pas atteindre assez haut
Αλλά διαπίστωσε ότι δεν μπορούσε να φτάσει αρκετά ψηλά
Elle pouvait voir la clé très distinctement à travers la vitre
Μπορούσε να δει το κλειδί αρκετά καθαρά μέσα από το γυαλί
Elle essaya de grimper sur les pieds de la table
Προσπάθησε να ανέβει στα πόδια του τραπεζιού
Mais le verre était beaucoup trop glissant
Αλλά το γυαλί ήταν πολύ ολισθηρό
Finalement, elle s'est fatiguée à essayer
Τελικά κουράστηκε με την προσπάθεια
et la pauvre petite fille s'assit et pleura
Και το καημένο το κοριτσάκι κάθισε και έκλαψε
Alice se parlait à elle-même assez vivement
Η Αλίκη μίλησε στον εαυτό της μάλλον απότομα

« Allons, ça ne sert à rien de pleurer comme ça ! »
«Έλα, δεν υπάρχει λόγος να κλαις έτσι!»
« Je vous conseille d'arrêter tout de suite ! »
«Σας συμβουλεύω να σταματήσετε αυτό το λεπτό!»
Elle se donnait généralement de très bons conseils
Γενικά έδινε στον εαυτό της πολύ καλές συμβουλές
bien qu'elle suivît très rarement ses propres conseils
Αν και πολύ σπάνια ακολουθούσε τις δικές της συμβουλές
Et elle était parfois trop dure envers elle-même
Και μερικές φορές ήταν πολύ σκληρή με τον εαυτό της
et ses paroles lui firent monter les larmes aux yeux
Και τα λόγια της έφεραν δάκρυα στα μάτια της
Bientôt, son regard tomba sur une petite boîte en verre
Σύντομα το μάτι της έπεσε πάνω σε ένα μικρό γυάλινο κουτί
La petite boîte de verre était posée sous la table
Το μικρό γυάλινο κουτί βρισκόταν κάτω από το τραπέζι
Dans la boîte en verre se trouvait un tout petit gâteau
Στο γυάλινο κουτί υπήρχε ένα πολύ μικρό κέικ
Sur le gâteau, quelques mots étaient magnifiquement écrits
Στην τούρτα μερικές λέξεις ήταν όμορφα γραμμένες
les mots avaient été marqués dans des groseilles
Οι λέξεις είχαν σημειωθεί στην κορινθιακή σταφίδα
« MANGE-MOI »
"ΦΑΕ ΜΕ"
« Eh bien, je vais manger le gâteau », dit Alice
«Λοιπόν, θα φάω το κέικ», είπε η Αλίκη
« et si le gâteau me fait grossir, je peux atteindre la clé »
"και αν η τούρτα με κάνει να μεγαλώσω, μπορώ να φτάσω στο κλειδί"
« et si le gâteau me fait rapetisser, je peux me glisser sous la porte »
"και αν το κέικ με κάνει να μικρύνω, μπορώ να σέρνω κάτω από την πόρτα"
« Donc, de toute façon, j'irai dans le jardin »
"έτσι είτε αλλιώς, θα μπω στον κήπο"
« Et peu m'importe lequel des deux arrive ! »

«και δεν με νοιάζει ποιο από τα δύο συμβαίνει!»
Elle a mangé un peu du gâteau
Έφαγε λίγο από το κέικ
et elle se parla anxieusement à elle-même :
Και μίλησε με αγωνία στον εαυτό της:
« Dans quel sens ? Dans quel sens ?
«Με ποιον τρόπο; Με ποιον τρόπο;»
et elle posa la main sur sa tête
και κράτησε το χέρι της στο κεφάλι της
Elle voulait sentir de quelle façon elle grandissait
Ήθελε να νιώσει με ποιον τρόπο μεγάλωνε
Elle fut très surprise de découvrir ce qui s'était passé
Ήταν αρκετά έκπληκτη όταν ανακάλυψε τι είχε συμβεί
Elle était restée de la même taille !
Είχε παραμείνει στο ίδιο μέγεθος!
Cette fois, elle redoubla donc d'efforts
Έτσι, αυτή τη φορά διπλασίασε τις προσπάθειές της
Et bientôt, elle termina tout le gâteau
και σύντομα τελείωσε όλη την τούρτα

La mare de larmes

Η λίμνη των δακρύων

« Cela devient de plus en plus intéressant ! » s'écria Alice

«Αυτό γίνεται όλο και πιο ενδιαφέρον!» φώναξε η Αλίκη

Vous pouvez voir qu'elle était très surprise

Μπορείτε να δείτε ότι ήταν πολύ έκπληκτη

« Je m'ouvre comme le plus grand télescope qui ait jamais existé ! »

«Ανοίγω σαν το μεγαλύτερο τηλεσκόπιο που υπήρξε ποτέ!»

« Au revoir, les pieds ! Oh, mes pauvres petits pieds"

«Αντίο, πόδια! Ω, τα φτωχά μου ποδαράκια»

« Je me demande qui va vous mettre vos chaussures maintenant, mes chères ? »

"Αναρωτιέμαι ποιος θα βάλει τα παπούτσια σας για εσάς τώρα, αγαπητοί;"

et je me demande qui mettra vos bas ?

"και αναρωτιέμαι ποιος θα βάλει τις κάλτσες σας;"

« Je serai beaucoup trop loin »

«Θα είμαι πολύ μακριά»

« Je ne pourrai plus me soucier de toi »

«Δεν θα μπορώ πια να προβληματίζομαι για σένα»

Juste à ce moment, sa tête heurta quelque chose

Ακριβώς εκείνη τη στιγμή το κεφάλι της χτύπησε πάνω σε κάτι

Elle avait atteint le toit de la salle

Είχε φτάσει στην οροφή της αίθουσας

En fait, elle mesurait maintenant plus de deux mètres

Στην πραγματικότητα, ήταν τώρα πάνω από δύο μέτρα ύψος

et elle prit aussitôt la petite clef d'or

Και αμέσως πήρε το μικρό χρυσό κλειδί

et elle se précipita vers la porte du jardin

Και έσπευσε στην πόρτα του κήπου

Pauvre Alice ! Il n'y avait pas grand-chose qu'elle pouvait faire

Καημένη Αλίκη! Δεν μπορούσε να κάνει πολλά

Elle s'allongea sur le côté

ξάπλωσε στη μία πλευρά
et elle regarda d'un œil dans le jardin
Και κοίταξε μέσα στον κήπο με το ένα μάτι
Mais s'en sortir était plus désespéré que jamais
Αλλά το να περάσεις ήταν πιο απελπιστικό από ποτέ
Elle s'est assise et a recommencé à pleurer
Κάθισε και άρχισε να κλαίει ξανά
Elle a continué à verser des litres de larmes
Συνέχισε να χύνει γαλόνια δακρύων
Bientôt, il y eut une grande flaque tout autour d'elle
Σύντομα υπήρχε μια μεγάλη πισίνα γύρω της
et l'eau atteignait la moitié du couloir
Και το νερό έφτασε στα μισά της αίθουσας
Au bout d'un moment, elle entendit un petit claquement de pieds
Μετά από λίγο, άκουσε ένα μικρό χτύπημα των ποδιών
Elle entendit les pas venir de loin
Άκουσε τα πόδια να έρχονται από μακριά
et elle s'essuya vivement les yeux pour voir ce qui allait arriver
Και στέγνωσε βιαστικά τα μάτια της για να δει τι ερχόταν
C'était le retour du Lapin Blanc
Ήταν το Λευκό Κουνέλι που επέστρεφε
Il était magnifiquement vêtu
Ήταν υπέροχα ντυμένος
Il avait une paire de gants blancs dans une main
Είχε ένα ζευγάρι λευκά γάντια στο ένα χέρι
et il avait un grand éventail de plumes dans l'autre main
Και είχε ένα μεγάλο ανεμιστήρα φτερών στο άλλο χέρι
Il arriva en trottinant en toute hâte
Ήρθε τρέχοντας μαζί με μεγάλη βιασύνη
et il murmura en lui-même : « Oh ! la duchesse, la duchesse !
Και μουρμούρισε στον εαυτό του: «Ω! η Δούκισσα, η Δούκισσα!»
« Ah ! ne serait-elle pas sauvage si je l'ai fait attendre !
«Ω! Δεν θα είναι άγρια αν την έχω κρατήσει σε αναμονή!»

Quand le Lapin s'approcha d'elle, Alice prit la parole

Όταν το κουνέλι ήρθε κοντά της, η Αλίκη μίλησε

Mais elle parlait d'une voix basse et timide

Αλλά μίλησε με χαμηλή, δειλή φωνή

« Monsieur, s'il vous plaît, arrêtez ce que vous faites un instant »

«Κύριε, παρακαλώ σταματήστε αυτό που κάνετε για μια στιγμή»

Le Lapin sursauta violemment

Το κουνέλι τρόμαξε βίαια

Il laissa tomber les gants blancs et l'éventail de plumes

Έριξε τα λευκά γάντια και τον ανεμιστήρα φτερών

et il s'enfuit dans les ténèbres aussi vite qu'il le put

Και έτρεξε μακριά στο σκοτάδι όσο πιο γρήγορα μπορούσε

Alice ramassa l'éventail en plumes et les gants

Η Αλίκη πήρε τον ανεμιστήρα φτερών και τα γάντια

Et elle n'arrêtait pas de s'éventer tout en parlant

Και συνέχισε να ανεμίζει τον εαυτό της ενώ συνέχιζε να μιλάει

« Cher, cher ! Comme tout est étrange aujourd'hui !

«Αγαπητέ, αγαπητέ! Πόσο παράξενα είναι όλα σήμερα!»
« Hier, les choses se sont passées comme d'habitude »
«Χθες τα πράγματα συνεχίστηκαν ως συνήθως»
« Étais-je le même quand je me suis levé ce matin ? »
«Ήμουν ο ίδιος όταν σηκώθηκα σήμερα το πρωί;»
« Mais si je ne suis pas le même, il y a une autre question »
"Αλλά αν δεν είμαι ο ίδιος, υπάρχει μια άλλη ερώτηση"
« Qui suis-je ? »
«Ποιος στον κόσμο είμαι;»
« Ah, c'est le grand casse-tête ! »
«Αχ, αυτός είναι ο μεγάλος γρίφος!»
En disant cela, elle baissa les yeux sur ses mains
Καθώς το είπε αυτό, κοίταξε κάτω τα χέρια της
Elle portait l'un des petits gants blancs du lapin
Φορούσε ένα από τα μικρά λευκά γάντια του κουνελιού
Elle n'avait pas remarqué qu'elle avait mis le gant en parlant
Δεν είχε παρατηρήσει ότι έβαλε το γάντι ενώ μιλούσε
« Comment ai-je pu faire cela ? » a-t-elle pensé
«Πώς μπορώ να το κάνω αυτό;» σκέφτηκε
« Je dois redevenir petit »
«Πρέπει να μικραίνω ξανά»
Elle se leva et s'approcha de la table pour mesurer sa taille
Σηκώθηκε και πήγε στο τραπέζι για να μετρήσει το ύψος
της
Elle a découvert qu'elle mesurait maintenant environ un demi-mètre
Διαπίστωσε ότι ήταν τώρα περίπου μισό μέτρο ύψος
et elle rétrécissait encore rapidement
και εξακολουθούσε να συρρικνώνεται γρήγορα
Elle découvrit rapidement quelle était la cause de ce rétrécissement
Σύντομα ανακάλυψε ποια ήταν η αιτία της συρρίκνωσης
L'éventail de plumes la rendait encore plus petite !
Ο ανεμιστήρας φτερών την έκανε και πάλι μικρότερη!
et elle laissa tomber l'éventail de plumes à la hâte
Και έριξε βιαστικά τον ανεμιστήρα φτερών
Elle laissa tomber l'éventail de plumes juste à temps pour se

sauver

Έριξε τον ανεμιστήρα φτερών εγκαίρως για να σωθεί

**Si elle s'était éventée plus longtemps, elle se serait
complètement retirée**

Αν φανταζόταν περισσότερο, θα είχε συρρικνωθεί εντελώς

« C'était une échappatoire de justesse ! » dit Alice

«Αυτή ήταν μια στενή απόδραση!» είπε η Αλίκη

et elle fut bien effrayée de ce changement soudain

Και ήταν πολύ φοβισμένη από την ξαφνική αλλαγή

**mais elle était très heureuse de se trouver encore en
existence**

Αλλά ήταν πολύ χαρούμενη που βρέθηκε ακόμα στην
ύπαρξη

« Et maintenant, en route pour le jardin ! »

«Και τώρα, φύγαμε για τον κήπο!»

Et elle courut à toute vitesse vers la petite porte

Και έτρεξε με όλη την ταχύτητα πίσω στη μικρή πόρτα

Mais, hélas ! La petite porte fut refermée

Αλλά, αλίμονο! Η μικρή πόρτα έκλεισε ξανά

**et la petite clé d'or était de nouveau posée sur la table de
verre**

Και το μικρό χρυσό κλειδί ήταν ξαπλωμένο ξανά στο
γυάλινο τραπέζι

« Les choses sont pires que jamais », pensa le pauvre enfant

«Τα πράγματα είναι χειρότερα από ποτέ», σκέφτηκε το
καημένο το παιδί

« Je n'ai jamais été aussi petit que ça auparavant, jamais ! »

«Ποτέ δεν ήμουν τόσο μικρός όσο αυτό πριν, ποτέ!»

En prononçant ces mots, son pied glissa

Καθώς έλεγε αυτά τα λόγια, το πόδι της γλίστρησε

et un instant plus tard, il y eut une grande éclaboussure !

Και σε μια άλλη στιγμή υπήρξε μια μεγάλη βουτιά!

Elle était dans l'eau salée jusqu'au menton

Ήταν μέχρι το πηγούνι της σε αλμυρό νερό

**Sa première idée fut qu'elle était tombée d'une manière ou
d'une autre dans la mer**

Η πρώτη της ιδέα ήταν ότι είχε πέσει με κάποιο τρόπο στη

θάλασσα
Cependant, elle s'est vite rendu compte dans quoi elle se trouvait
Ωστόσο, σύντομα συνειδητοποίησε τι ήταν
Elle était dans une mare de larmes
Ήταν σε μια λίμνη δακρύων
les larmes qu'elle avait versées quand elle avait deux mètres de haut
Τα δάκρυα που είχε κλάψει όταν ήταν δύο μέτρα ύψος

Juste à ce moment-là, elle entendit quelque chose
Ακριβώς τότε άκουσε κάτι
Quelque chose barbotait dans la mare
κάτι πιτσιλιζόταν στην πισίνα
Les éclaboussures venaient d'un peu de loin
Το πιτσίλισμα ήρθε από λίγο μακριά
et elle nagea plus près pour voir ce que c'était que les éclaboussures
Και κολύμπησε πιο κοντά για να δει τι ήταν το πιτσίλισμα
Elle vit bientôt que ce n'était qu'une petite souris
Σύντομα είδε ότι ήταν μόνο ένα μικρό ποντίκι

La petite souris s'était également glissée dans l'eau
Το ποντικάκι είχε γλιστρήσει κι αυτό στο νερό
Alice réfléchit à la situation
Η Αλίκη σκέφτηκε την κατάσταση
« Serait-il utile de parler à cette souris ? »
"Θα ήταν χρήσιμο να μιλήσω σε αυτό το ποντίκι;"
« Tout est tellement à l'envers ici »
"Όλα είναι τόσο ανάποδα εδώ κάτω"
« Je pense que c'est très probable que cette souris peut parler »
"Θα πρέπει να σκεφτώ πολύ πιθανό αυτό το ποντίκι να μπορεί να μιλήσει"
« En tout cas, il n'y a pas de mal à essayer »
«Εν πάση περιπτώσει, δεν είναι κακό να προσπαθείς»
Alors elle a commencé à essayer de parler à la souris
Έτσι άρχισε να προσπαθεί να μιλήσει στο ποντίκι
« Oh Souris, sais-tu comment sortir de cette mare ? »
"Ω Ποντίκι, ξέρεις τη διέξοδο από αυτή την πισίνα;"
« Je suis bien fatigué de nager ici, ô souris ! »
"Είμαι πολύ κουρασμένος να κολυμπάω εδώ, Ω Ποντίκι!"
La souris la regarda d'un air assez inquisiteur
Το ποντίκι την κοίταξε μάλλον περίεργα
La souris semblait cligner de l'œil avec l'un de ses petits yeux
Το ποντίκι φάνηκε να κλείνει το μάτι με ένα από τα μικρά του μάτια
Mais la petite souris ne dit rien
αλλά το μικρό ποντίκι δεν είπε τίποτα
« Peut-être la souris ne comprend-elle pas l'anglais », pensa Alice
«Ίσως το ποντίκι να μην καταλαβαίνει αγγλικά», σκέφτηκε η Αλίκη
« J'ose dis-le que c'est une souris française »
"Τολμώ να πω ότι είναι ένα γαλλικό ποντίκι"
« peut-être que cette souris est venue avec Guillaume le Conquérant »
"ίσως αυτό το ποντίκι ήρθε με τον Γουλιέλμο τον

Κατακτητή"
Alors elle a recommencé, en français
Έτσι ξεκίνησε ξανά, στα γαλλικά
« Où est mon chat ? » a-t-elle demandé en français
«Πού είναι η γάτα μου;» ρώτησε στα γαλλικά
c'était la première phrase de son livre de leçons de français
ήταν η πρώτη πρόταση στο βιβλίο μαθημάτων γαλλικών
της
La souris fit un saut soudain hors de l'eau
Το ποντίκι έκανε ένα ξαφνικό άλμα έξω από το νερό
et la souris semblait frémir de frayeur
Και το ποντίκι φαινόταν να τρέμει παντού με τρόμο
— Oh ! je vous demande pardon ! s'écria vivement Alice
«Ω, ζητώ συγνώμη!» φώναξε βιαστικά η Αλίκη
Elle craignait d'avoir blessé les sentiments du pauvre animal
Φοβόταν ότι είχε πληγώσει τα συναισθήματα του φτωχού
ζώου
« J'oubliais que tu n'aimais pas les chats »
«Ξέχασα ότι δεν σου άρεσαν οι γάτες»
**« Je n'aime pas les chats ! » cria la Souris d'une voix aiguë et
passionnée**
«Δεν μου αρέσουν οι γάτες!» φώναξε το ποντίκι με
διαπεραστική, παθιασμένη φωνή
« Voudrais-tu des chats, si tu étais moi ? »
«Θα ήθελες γάτες, αν ήσουν εγώ;»
Alice réconforta la souris d'un ton apaisant
Η Αλίκη παρηγόρησε το ποντίκι με έναν καταπραϋντικό
τόνο
**« Eh bien, peut-être que je n'aimerais pas non plus les chats
si j'étais vous »**
"Λοιπόν, ίσως δεν θα ήθελα γάτες αν ήμουν ούτε εσύ"
**« S'il vous plaît, ne soyez pas en colère à propos de la
mention des chats »**
"Παρακαλώ μην θυμώνετε για την αναφορά των γατών"
**« Et pourtant, j'aimerais pouvoir te montrer notre chat
Dinah »**
"Και όμως μακάρι να μπορούσα να σας δείξω τη γάτα μας

Dinah"
« Si vous la rencontriez, je pense que vous prendriez goût
aux chats »
"Αν τη συναντούσες, νομίζω ότι θα έπαιρνες μια φαντασία
στις γάτες"
« Si seulement vous pouviez la voir »
«Αν μπορούσες μόνο να τη δεις»
« Elle est une chose si chère et si calme »
"Είναι τόσο αγαπητό, ήσυχο πράγμα"
La souris tremblait de partout
Το ποντίκι έτρεμε παντού
Alice était certaine que la souris devait être vraiment
offensée
Η Αλίκη ένιωθε σίγουρη ότι το ποντίκι έπρεπε να
προσβληθεί πραγματικά
« On ne parlera plus d'elle, si tu préfères ne pas le faire »
«Δεν θα μιλήσουμε πια γι' αυτήν, αν προτιμάτε όχι»
« Nous, en effet ! » s'écria la Souris
«Εμείς, πράγματι!» φώναξε το ποντίκι
La souris tremblait jusqu'au bout de sa queue
Το ποντίκι έτρεμε μέχρι την άκρη της ουράς του
« Comme si je voulais parler d'un tel sujet ! »
«Σαν να μιλούσα για ένα τέτοιο θέμα!»
« Notre famille a toujours détesté les chats »
«Η οικογένειά μας πάντα μισούσε τις γάτες»
"Les chats ; des choses méchantes, basses, vulgaires !
"Γάτες; άσχημα, χαμηλά, χυδαία πράγματα!»
« Ne me laissez plus entendre le nom ! »
«Μην με αφήσεις να ακούσω ξανά το όνομα!»
— Je ne parlerai plus des chats, en effet, dit Alice
«Δεν θα αναφέρω ξανά τις γάτες!» είπε η Αλίκη
Elle était très pressée de changer de sujet
Βιαζόταν πολύ να αλλάξει θέμα
"Êtes-vous... Aimez-vous les chiens ?
«Είσαι... Σου αρέσουν τα σκυλιά;»
« Il y a un petit chien si gentil près de notre maison, »
«Υπάρχει ένα τόσο ωραίο σκυλάκι κοντά στο σπίτι μας»

« Je voudrais te montrer le petit chien ! »

«Θα ήθελα να σου δείξω το σκυλάκι!»

"Ce petit chien tue tous les rats et...

«Αυτό το μικρό σκυλί σκοτώνει όλους τους αρουραίους και...

« Oh ! mon Dieu ! » s'écria Alice d'un ton triste

«Ω, αγαπητή!» φώναξε η Αλίκη με θλιμμένο τόνο

« J'ai peur de t'avoir encore offensé ! »

«Φοβάμαι ότι σε προσέβαλα ξανά!»

La souris nageait loin d'elle aussi vite qu'elle le pouvait

Το ποντίκι κολυμπούσε μακριά της όσο πιο γρήγορα μπορούσε

et la souris fit tout un vacarme dans la mare

και το ποντίκι έκανε μεγάλη αναταραχή στην πισίνα

Alors elle appela doucement la souris

Έτσι κάλεσε απαλά μετά το ποντίκι

« Ma chère souris, s'il vous plaît, revenez ! »

«Αγαπητό μου ποντίκι, σε παρακαλώ γύρνα πίσω!»

« Et nous ne parlerons pas des chats »

"Και δεν θα μιλήσουμε για γάτες"

« Et nous n'avons pas non plus besoin de parler des chiens »

«Και δεν χρειάζεται να μιλάμε ούτε για σκύλους»

Quand la souris entendit cela, elle se retourna

Όταν το ποντίκι το άκουσε αυτό, γύρισε

et la petite souris nagea lentement vers elle

Και το μικρό ποντίκι κολύμπησε αργά πίσω σε αυτήν

Le visage de la souris était assez pâle

Το πρόσωπο του ποντικιού ήταν αρκετά χλωμό

et la souris parla d'une voix basse et tremblante

Και το ποντίκι μίλησε, με χαμηλή, τρεμάμενη φωνή

« Allons à la rive »

«Ας πάμε στην ακτή»

« et ensuite je vous raconterai mon histoire »

«και μετά θα σου πω την ιστορία μου»

« et vous comprendrez pourquoi c'est moi qui déteste les chats et les chiens »

"και θα καταλάβετε γιατί μισώ τις γάτες και τα σκυλιά"

Il était grand temps de partir

Είχε έρθει η ώρα να φύγουμε

parce que la piscine devenait assez bondée

επειδή η πισίνα ήταν αρκετά γεμάτη

D'autres oiseaux et animaux étaient tombés dans la mare

Άλλα πουλιά και ζώα είχαν πέσει στην πισίνα

il y avait un Canard et un Dodo

υπήρχαν μια πάπια και ένα Dodo

et il y avait un oiseau Lory et un aiglon

και υπήρχε ένα πουλί Lory και ένας αετός

et il y avait plusieurs autres créatures intéressantes

Και υπήρχαν πολλά άλλα ενδιαφέροντα πλάσματα

Alice a ouvert la voie à la sortie de la piscine

Η Αλίκη οδήγησε την έξοδο από την πισίνα

et toute la troupe des animaux nagea jusqu'au rivage

και όλη η ομάδα των ζώων κολύμπησε στην ακτή

Une course de caucus et une longue traîne
Ένας αγώνας caucus και μια μακριά ουρά
C'était en effet une bande d'animaux à l'allure amusante
Ήταν πράγματι ένα αστείο μάτσο ζώων
et ils se rassemblèrent tous sur le bord de l'eau
Και όλοι μαζεύτηκαν στην όχθη του νερού
Les oiseaux avaient tous des plumes débraillées
Όλα τα πουλιά είχαν συρρικνωμένα φτερά
et les animaux à fourrure étaient trempés
και τα γούνινα ζώα ήταν εμποτισμένα
et tous étaient trempés, agacés et mal à l'aise
και όλοι έσταζαν βρεγμένοι, ενοχλημένοι και άβολα

Il y avait une question à laquelle il fallait répondre en premier
Υπήρχε μια ερώτηση που έπρεπε να απαντηθεί πρώτα
Quelle est la meilleure façon pour tout le monde de se sécher ?
Ποιος είναι ο καλύτερος τρόπος για να στεγνώσουν όλοι;
Ils ont tenu une consultation à ce sujet

Είχαν μια διαβούλευση σχετικά με αυτό το θέμα
Bientôt, ils furent tous en bons termes
Σύντομα ήταν όλοι με οικείους όρους
C'était comme si elle les avait connus toute sa vie
Ήταν σαν να τους γνώριζε όλη της τη ζωή
La souris semblait être une personne d'une certaine autorité
Το ποντίκι φαινόταν να είναι άτομο κάποιας εξουσίας
« Asseyez-vous, vous tous, et écoutez-moi ! »
«Καθίστε, όλοι σας, και ακούστε με!»
« Je vais bientôt vous faire sécher à nouveau ! »
«Σύντομα θα σας κάνω όλους στεγνούς ξανά!»
Ils s'assirent tous en même temps, dans un grand cercle
Όλοι κάθισαν ταυτόχρονα, σε ένα μεγάλο δαχτυλίδι
et la petite souris s'assit au milieu
Και το ποντικάκι κάθισε στη μέση
« Hum ! » dit la souris d'un air important
«Αχμ!» είπε το ποντίκι με σημαντικό αέρα
« Êtes-vous tous prêts ? »
"Είστε όλοι έτοιμοι;"
« C'est la chose la plus sèche que je connaisse »
"Αυτό είναι το πιο ξηρό πράγμα που ξέρω"
« Silence tout autour, s'il vous plaît ! »
«Σιωπή παντού, αν θέλετε!»
« Guillaume le Conquérant était favorisé par le pape »
«Ο Γουλιέλμος ο Κατακτητής ευνοήθηκε από τον πάπα»
« mais il fut bientôt soumis par les Anglais »
"αλλά σύντομα υποτάχθηκε από τους Άγγλους"
« Ils voulaient des leaders ces derniers temps »
«Ήθελαν ηγέτες τελευταία»
« et ils avaient été habitués au pouvoir et à la conquête »
«Και είχαν συνηθίσει στην εξουσία και την κατάκτηση»
« Edwin et Morcar, les comtes de Mercie et de Northumbrie »
"Edwin και Morcar, οι κόμητες της Mercia και Northumbria"
« Pouah ! » dit l'oiseau lori, avec un frisson
«Ωχ!» είπε το πουλί λόρι, με ρίγος
« et même Stigand, l'archevêque patriote de Cantorbéry »

"και ακόμη και ο Stigand, ο πατριώτης αρχιεπίσκοπος του Canterbury"
« Il l'a également trouvé opportun »
«Το βρήκε επίσης σκόπιμο»
« Qu'a-t-il trouvé à propos ? » dit le canard
«Τι βρήκε σκόπιμο;» είπε η πάπια
— Il l'a trouvé opportun, répondit la souris d'un ton un peu contrarié
«Το βρήκε σκόπιμο», απάντησε το ποντίκι μάλλον σταυρωτά
Mais le canard n'était pas satisfait
Αλλά η πάπια δεν ήταν ικανοποιημένη
« Bien sûr, vous savez ce que 'it' signifie »
«Φυσικά, ξέρετε τι σημαίνει "αυτό"»
« Je sais ce que c'est quand je trouve quelque chose », dit le canard
«Ξέρω τι είναι όταν βρίσκω κάτι», είπε η πάπια
« C'est généralement une grenouille ou un ver »
"Είναι γενικά ένας βάτραχος ή ένα σκουλήκι"
« La question est de savoir ce que l'archevêque a trouvé ?
«Το ερώτημα είναι, τι βρήκε ο αρχιεπίσκοπος;»
La souris n'a pas remarqué cette question
Το ποντίκι δεν παρατήρησε αυτήν την ερώτηση
Au lieu de cela, la souris continua précipitamment son discours
Αντ 'αυτού, το ποντίκι συνέχισε βιαστικά την ομιλία
« il a jugé opportun d'aller avec Edgar Atheling »
"θεώρησε σκόπιμο να πάει με τον Edgar Atheling"
« pour rencontrer Guillaume et lui offrir la couronne »
«να συναντήσει τον Γουίλιαμ και να του προσφέρει το στέμμα»
la souris continua, se tournant vers Alice pendant qu'elle parlait
το ποντίκι συνέχισε, γυρίζοντας προς την Αλίκη καθώς μιλούσε
« Comment allez-vous maintenant, ma chère ? »
«Πώς τα πας τώρα, αγαπητέ μου;»

– Aussi mouillée que jamais, dit Alice d'un ton mélancolique

«Τόσο υγρή όσο ποτέ», είπε η Αλίκη με μελαγχολικό τόνο

« Cette histoire n'a pas l'air de me tarir du tout »

«Αυτή η ιστορία δεν φαίνεται να με στεγνώνει καθόλου»

— Dans ce cas, dit solennellement le dodo en se levant

«Σε αυτή την περίπτωση», είπε το ντόντο επίσημα, σηκώνοντας τα πόδια του

« Je vote pour l'ajournement de la séance »

«Ψηφίζω τη διακοπή της συνεδρίασης»

« et je propose l'adoption immédiate de remèdes plus énergiques »

«και προτείνω την άμεση υιοθέτηση πιο ενεργητικών θεραπειών»

« Dis des paroles vraies ! » dit l'aiglon

«Πες αληθινά λόγια!» είπε ο αετός

« Je ne connais pas le sens de la moitié de ces longs mots »

«Δεν ξέρω το νόημα των μισών από αυτές τις μεγάλες λέξεις»

et, qui plus est, je ne crois pas que vous le sachiez non plus !

"και, επιπλέον, δεν πιστεύω ότι ξέρεις ούτε!"

— Ce que j'allais dire, dit le dodo d'un ton offensé

«Τι θα έλεγα», είπε ο ντόντο με προσβεβλημένο τόνο

« La meilleure chose à faire pour nous sécher serait une course au caucus »

"Το καλύτερο πράγμα για να μας στεγνώσει θα ήταν ένας αγώνας caucus"

« Qu'est-ce qu'une course de caucus ? » demanda Alice

«Τι είναι η φυλή caucus;» είπε η Αλίκη

« Eh bien, » dit le dodo, « la meilleure façon de l'expliquer,
c'est de le faire »
«Λοιπόν», είπε ο ντόντο, «ο καλύτερος τρόπος για να το
εξηγήσεις είναι να το κάνεις»
« D'abord, le dodo a tracé un parcours »
"Πρώτα το ντόντο χάραξε μια πίστα αγώνων"
« La piste était dans une sorte de cercle »
«Η πίστα ήταν σε ένα είδος κύκλου»
« Et puis tout le groupe a été placé le long du parcours »
«Και τότε όλο το κόμμα τοποθετήθηκε κατά μήκος της
πορείας»
Il n'y avait pas de « Un, deux, trois et c'est parti ! »
Δεν υπήρχε «Ένα, δύο, τρία και μακριά!»
Mais ils ont commencé à courir quand ils voulaient
Αλλά άρχισαν να τρέχουν όταν τους άρεσε
et ils finissaient aussi quand ils le voulaient
και τελείωσαν επίσης όταν τους άρεσε
Il n'était donc pas facile de savoir quand la course était
terminée
Έτσι, δεν ήταν εύκολο να γνωρίζουμε πότε τελείωσε ο
αγώνας
Après environ une demi-heure de course, ils étaient tous
assez secs

Μετά από μισή ώρα περίπου τρεξίματος ήταν όλα αρκετά στεγνά

le dodo s'écria soudain : « La course est finie ! »

Το ντόντο φώναξε ξαφνικά: «Ο αγώνας τελείωσε!»

Et ils se pressèrent tous autour du Dodo

Και όλοι συνωστίζονταν γύρω από το dodo

Tous les animaux haletaient et soufflaient

Όλα τα ζώα λαχάνιαζαν και φούσκωναν

et tous voulaient savoir : « Mais qui a gagné ? »

Και όλοι ήθελαν να μάθουν: «Μα ποιος κέρδισε;»

Le dodo ne pouvait pas répondre immédiatement à cette question

Αυτή η ερώτηση το dodo δεν μπορούσε να απαντήσει αμέσως

D'abord, il a dû beaucoup réfléchir

Πρώτα έπρεπε να σκεφτεί πολύ

Après mûre réflexion, le dodo finit par parler

Μετά από πολλή σκέψη, το dodo τελικά μίλησε

« Tout le monde a gagné, et tous doivent avoir des prix »

«Όλοι έχουν κερδίσει και όλοι πρέπει να έχουν βραβεία»

« Mais qui doit donner les prix ? » demanda un chœur de voix

«Αλλά ποιος θα δώσει τα βραβεία;» ρώτησε μια χορωδία φωνών

— Eh bien, elle, bien sûr, dit le dodo

«Λοιπόν, αυτή, φυσικά», είπε το ντόντο

et le dodo pointa d'un doigt vers Alice

και το ντόντο έδειξε με το ένα δάχτυλο την Αλίκη

et toute la troupe des animaux se pressait autour d'elle

και όλη η ομάδα των ζώων συνωστίστηκε γύρω της

ils ont crié, d'une manière confuse : « Des prix ! Des prix !

φώναζαν, με συγκεχυμένο τρόπο, «Βραβεία! Βραβεία!»

Alice n'avait aucune idée de ce qu'elle devait faire

Η Αλίκη δεν είχε ιδέα τι να κάνει

Désespérée, elle mit la main dans sa poche

Μέσα στην απελπισία έβαλε το χέρι στην τσέπη της

Et elle en sortit une boîte de bonbons

και έβγαλε ένα κουτί γλυκά
Heureusement, l'eau salée n'était pas entrée dans la boîte
Ευτυχώς το αλμυρό νερό δεν είχε μπει στο κουτί
et elle a distribué les bonbons comme prix
και έδωσε τα γλυκά γύρω ως βραβεία
Il y avait exactement une pièce pour tout le monde
Υπήρχε ακριβώς ένα κομμάτι για όλους
La prochaine chose qu'ils devaient faire était de manger les bonbons
Το επόμενο πράγμα που έπρεπε να κάνουν ήταν να φάνε τα γλυκά
Cela a causé du bruit et de la confusion
Αυτό προκάλεσε κάποιο θόρυβο και σύγχυση
Les grands oiseaux se plaignaient de ne pas pouvoir goûter leurs bonbons
Τα μεγάλα πουλιά παραπονέθηκαν ότι δεν μπορούσαν να δοκιμάσουν τα γλυκά τους
Les petits s'étouffaient et devaient être tapotés dans le dos
Τα μικρά πνίγηκαν και έπρεπε να χτυπηθούν στην πλάτη
Cependant, c'était enfin fini
Ωστόσο, τελείωσε επιτέλους
Et ils se rassirent en cercle
Και κάθισαν πάλι σε ένα δαχτυλίδι
et ils supplièrent la souris de leur dire quelque chose de plus
Και παρακάλεσαν το ποντίκι να τους πει κάτι περισσότερο
— Vous m'avez promis de me raconter votre histoire, vous savez, dit Alice
«Υποσχέθηκες να μου πεις την ιστορία σου, ξέρεις», είπε η Αλίκη
et elle fit une autre petite remarque sur les chats à voix basse
Και έκανε μια άλλη μικρή παρατήρηση για τις γάτες ψιθυριστά
Elle ne voulait pas offenser à nouveau la souris
Δεν ήθελε να προσβάλει ξανά το ποντίκι
la petite souris se tourna vers Alice et soupira
το ποντικάκι γύρισε στην Αλίκη και αναστέναξε

« Ma conte est long et triste ! »

«Η δική μου είναι μια μακρά και θλιβερή ιστορία!»

— C'est une longue queue, certainement, dit Alice

«Είναι μια μακριά ουρά, σίγουρα», είπε η Αλίκη

et elle baissa les yeux avec étonnement sur la queue de la souris

Και κοίταξε κάτω με θαυμασμό την ουρά του ποντικιού

« Mais pourquoi appelez-vous cela une queue triste ? »

"Αλλά γιατί το αποκαλείς λυπημένη ουρά;"

Et elle n'arrêtait pas de s'interroger à ce sujet pendant que la souris parlait

Και συνέχισε να προβληματίζεται γι 'αυτό ενώ το ποντίκι μιλούσε

de sorte que son idée de l'histoire était quelque chose comme ceci

έτσι ώστε η ιδέα της για την ιστορία ήταν κάπως έτσι:

<pre>
          "Fury said to
            a mouse, That
              he met in the
                house, 'Let
                  us both go
                    to law: I
                    will prosecute
                    you.—
                    Come, I'll
                  take no denial:
                We must have
              the trial;
            For really
          this morning
      I've
      nothing
      to do.'
          Said the
            mouse to
              the cur,
                'Such a
                  trial, dear
                    sir, With
                        no jury
                          or judge,
                          would
                          be wasting
                        our
                  breath."
                'I'll be
              judge,
          I'll be
        jury.'
      said
      cunning
        old
          Fury:
            'I'll
              try
                the
                  whole
                    cause,
                    and
                    condemn
                  you to
        death.'"
</pre>

Fury dit à une souris : Qu'il s'est rencontré dans la maison.
Η οργή είπε σε ένα ποντίκι, ότι συναντήθηκε στο σπίτι"
Allons tous les deux en justice, je vous poursuivrai
Ας πάμε και οι δύο στο νόμο: θα σας διώξω
**Allons, je n'accepterai aucun démenti : il faut que nous
fassions l'épreuve**
Ελάτε, δεν θα δεχτώ καμία άρνηση: Πρέπει να κάνουμε τη
δίκη
Car vraiment ce matin je n'ai rien à faire
Γιατί πραγματικά σήμερα το πρωί δεν έχω τίποτα να κάνω
Dit la souris au maudit ;
Είπε το ποντίκι στο cur?
**Un tel procès, cher monsieur, sans jury ni juge, nous ferait
perdre notre souffle**
Μια τέτοια δίκη, αγαπητέ κύριε, χωρίς ενόρκους ή δικαστές,
θα χάναμε την ανάσα μας
« Je serai juge, je serai jury », dit le vieux rusé Fury
«Θα είμαι κριτής, θα είμαι ένορκος», είπε πονηρά ο γερο-
Φιούρι
Je vais juger toute la cause, et je vous condamnerai à mort
Θα δικάσω όλη την υπόθεση και θα σε καταδικάσω σε
θάνατο
la souris parla sévèrement à Alice
το ποντίκι μίλησε αυστηρά στην Αλίκη
« Tu ne fais pas attention ! »
«Δεν δίνεις σημασία!»
« À quoi pensez-vous ? »
«Τι σκέφτεσαι;»
— Je vous demande pardon, dit Alice très humblement
«Ζητώ συγνώμη», είπε η Αλίκη πολύ ταπεινά
« Tu étais arrivé au cinquième virage, je crois ? »
«Είχες φτάσει στην πέμπτη στροφή, νομίζω;»
« Vous m'insultez en disant de telles bêtises ! »
«Με προσβάλλετε λέγοντας τέτοιες ανοησίες!»
Et la souris se leva et s'éloigna
Και το ποντίκι σηκώθηκε και έφυγε
Alice appela la petite souris

Η Αλίκη κάλεσε το μικρό ποντίκι
« S'il vous plaît, revenez et terminez votre histoire ! »
«Παρακαλώ επιστρέψτε και τελειώστε την ιστορία σας!»
Et les autres se joignirent tous en chœur
Και όλοι οι άλλοι ενώθηκαν εν χορώ
« Oui, s'il vous plaît, terminez votre histoire ! »
«Ναι, παρακαλώ τελειώστε την ιστορία σας!»
Mais la souris se contenta de secouer la tête avec impatience
Αλλά το ποντίκι κούνησε μόνο το κεφάλι του ανυπόμονα
et la petite souris marchait un peu plus vite
και το μικρό ποντίκι περπάτησε λίγο πιο γρήγορα
« Je voudrais bien avoir Dinah, notre chat, ici ! » dit Alice
«Μακάρι να είχα την Ντίνα, τη γάτα μας, εδώ!» είπε η Αλίκη
Cela provoqua une sensation remarquable parmi le parti
Αυτό προκάλεσε μια αξιοσημείωτη αίσθηση μεταξύ του κόμματος
Quelques-uns des oiseaux se hâtèrent de s'éloigner
Μερικά από τα πουλιά έσπευσαν αμέσως
et un canari appela d'une voix tremblante ses enfants ;
Και ένα καναρίνι φώναξε με τρεμάμενη φωνή, στα παιδιά του.
« Allez-vous-en, mes chères ! »
«Φύγε, αγαπητοί μου!»
« Il est grand temps que vous soyez tous au lit ! »
«Ήρθε η ώρα να είστε όλοι στο κρεβάτι!»
Avec diverses excuses, ils sont tous partis
Με διάφορες δικαιολογίες έφυγαν όλοι
et Alice se retrouva bientôt seule
και η Αλίκη σύντομα έμεινε μόνη
« J'aurais aimé ne pas avoir mentionné Dinah ! »
«Μακάρι να μην είχα αναφέρει την Ντίνα!»
« Personne n'a l'air de l'aimer ici »
«Κανείς δεν φαίνεται να την συμπαθεί εδώ κάτω»
« Mais je suis sûr que c'est la meilleure chatte du monde ! »
«αλλά είμαι σίγουρος ότι είναι η καλύτερη γάτα στον κόσμο!»

La pauvre Alice se remit à pleurer
Η καημένη η Αλίκη άρχισε να κλαίει ξανά
parce qu'elle se sentait très seule et déprimée
επειδή ένιωθε πολύ μόνη και με χαμηλό πνεύμα
Au bout de peu de temps, cependant, elle entendit de nouveau quelque chose
Σε λίγο, όμως, άκουσε πάλι κάτι
un petit bruit de pas au loin
Ένα μικρό χτύπημα των βημάτων στο βάθος
et elle leva les yeux avec impatience
Και κοίταξε ψηλά με ανυπομονησία

Le lapin envoie le petit M. Bill
Το κουνέλι στέλνει τον μικρό κύριο Μπιλ

C'était le lapin blanc, qui revenait lentement au trot
Ήταν το λευκό κουνέλι, που έτρεχε αργά πίσω και πάλι
Il regardait anxieusement autour de lui en chemin
Κοιτούσε με αγωνία καθώς πήγαινε
Il avait l'air d'avoir perdu quelque chose
Έμοιαζε σαν να είχε χάσει κάτι
Alice l'entendit marmonner pour lui-même
Η Αλίκη τον άκουσε να μουρμουρίζει στον εαυτό του
— La duchesse ! La Duchesse ! Oh, mes chères pattes !
«Η Δούκισσα! Η Δούκισσα! Ω, αγαπητά μου πόδια!»
« Oh, ma fourrure et mes moustaches ! »
«Ω, η γούνα και τα μουστάκια μου!»
« Elle va me faire exécuter, j'en suis sûr »
«Θα με εκτελέσει, είμαι σίγουρος γι' αυτό»
« Aussi sûr que les furets sont des furets ! »
"Τόσο σίγουρος όσο τα κουνάβια είναι κουνάβια!"
« Où ai-je pu laisser tomber mes affaires, je me demande ? »
«Πού μπορώ να έχω ρίξει τα πράγματά μου, αναρωτιέμαι;»

Alice devina en un instant ce qu'il cherchait

Η Αλίκη μάντεψε σε μια στιγμή τι έψαχνε

Il cherchait l'éventail de plumes

Έψαχνε για τον ανεμιστήρα φτερών

et il cherchait la paire de gants blancs

και έψαχνε για το ζευγάρι λευκά γάντια

Elle se mit donc très gentiment à chercher les gants

Έτσι πολύ καλοπροαίρετα άρχισε να ψάχνει για τα γάντια

Et elle chercha aussi l'éventail de plumes

Και έψαξε και για τον ανεμιστήρα φτερών

Mais les gants et l'éventail de plumes étaient introuvables

Αλλά τα γάντια και ο ανεμιστήρας φτερών δεν ήταν πουθενά

Tout semblait avoir changé depuis sa baignade dans la piscine

Όλα έμοιαζαν να έχουν αλλάξει από τότε που έκανε το μπάνιο της στην πισίνα

Rien n'était pareil depuis qu'elle était dans la grande salle

Τίποτα δεν ήταν το ίδιο από τότε που βρισκόταν στη Μεγάλη Αίθουσα

et la table de verre avait disparu

και το γυάλινο τραπέζι είχε εξαφανιστεί

Et la petite porte n'était pas là non plus

Και η μικρή πόρτα δεν ήταν ούτε εκεί

Très vite, le lapin remarqua Alice

Πολύ σύντομα το κουνέλι παρατήρησε την Αλίκη

Il l'appela d'un ton furieux

Της φώναξε με θυμωμένο τόνο

« Mary Ann, que fais-tu ici ? »

«Μαίρη Ανν, τι κάνεις εδώ έξω;»

« Rentre chez toi à l'instant même »

«Τρέξε σπίτι αυτή τη στιγμή»

« Et apporte-moi une paire de gants et un éventail de plumes ! »

«Και φέρτε μου ένα ζευγάρι γάντια και έναν ανεμιστήρα φτερών!»

« Et faites vite ! »

"Και να είστε γρήγοροι γι 'αυτό!"
Alice se parlait à elle-même en s'enfuyant
Η Αλίκη μιλούσε στον εαυτό της καθώς έφευγε τρέχοντας
— Il a dû me prendre pour sa femme de chambre !
«Πρέπει να με μπέρδεψε με την υπηρέτριά του!»
« Comme il sera surpris quand il découvrira qui je suis ! »
«Πόσο έκπληκτος θα εκπλαγεί όταν ανακαλύψει ποιος
είμαι!»
En disant cela, elle tomba sur une petite maison soignée
Καθώς το είπε αυτό, βρήκε ένα τακτοποιημένο μικρό σπίτι
**Sur la porte de la maison se trouvait une plaque de laiton
brillant**
Στην πόρτα του σπιτιού υπήρχε μια φωτεινή ορειχάλκινη
πλάκα
« W. LAPIN »
"W. ΚΟΥΝΈΛΙ"
Elle entra sans frapper à la porte
Μπήκε μέσα χωρίς να χτυπήσει την πόρτα
et elle se hâta de monter l'escalier
Και έσπευσε κατευθείαν στον επάνω όροφο
elle craignait de rencontrer la vraie Mary Ann
ανησυχούσε ότι θα μπορούσε να συναντήσει την
πραγματική Mary Ann
parce qu'alors elle serait chassée de la maison
γιατί τότε θα την έδιωχναν από το σπίτι
**et elle ne pourrait pas trouver l'éventail de plumes et les
gants**
Και δεν θα μπορούσε να βρει τον ανεμιστήρα φτερών και
τα γάντια
**Alice s'était frayé un chemin dans une petite pièce bien
rangée**
Η Αλίκη είχε βρει το δρόμο της σε ένα τακτοποιημένο μικρό
δωμάτιο
Dans la pièce, il y avait une table près de la fenêtre
Στο δωμάτιο υπήρχε ένα τραπέζι δίπλα στο παράθυρο
et sur la table, il y avait un éventail de plumes
και στο τραπέζι ήταν ένας ανεμιστήρας φτερών

et il y avait deux ou trois paires de petits gants blancs

Και υπήρχαν δύο ή τρία ζευγάρια μικροσκοπικά λευκά γάντια

Elle ramassa l'éventail en plumes et une paire de gants

Πήρε τον ανεμιστήρα φτερών και ένα ζευγάρι γάντια

et elle allait quitter la pièce

Και ήταν έτοιμη να φύγει από το δωμάτιο

mais alors ses yeux tombèrent sur une petite bouteille

Αλλά τότε τα μάτια της έπεσαν πάνω σε ένα μικρό μπουκάλι

Elle déboucha la bouteille et la porta à ses lèvres

Ξεκούμπωσε το μπουκάλι και το έβαλε στα χείλη της

« J'espère que cela me fera redevenir grand »

«Ελπίζω ότι θα με κάνει να μεγαλώσω ξανά»

« J'en ai marre d'être une toute petite chose ! »

«Κουράστηκα να είμαι τόσο μικρό πράγμα!»

Alice avait à peine bu la moitié de la bouteille

Η Αλίκη δεν είχε πιει σχεδόν καθόλου το μισό μπουκάλι

Sa tête était déjà appuyée contre le plafond

Το κεφάλι της πίεζε ήδη το ταβάνι

et elle dut se baisser

Και έπρεπε να σκύψει κάτω

pour sauver son cou d'être brisé

για να σώσει το λαιμό της από το σπάσιμο

Elle posa précipitamment la bouteille

Έβαλε βιαστικά κάτω το μπουκάλι

« C'est bien assez »

"Αυτό είναι αρκετό"

« J'espère que je ne grandirai plus »

«Ελπίζω να μην μεγαλώσω άλλο»

Hélas! Il était trop tard pour souhaiter cela !

Αλίμονο! Ήταν πολύ αργά για να το ευχηθούμε!

Elle n'a cessé de grandir

Συνέχισε να μεγαλώνει και να μεγαλώνει

et très vite elle dut s'agenouiller sur le sol

Και πολύ σύντομα έπρεπε να γονατίσει στο πάτωμα

Et même alors, elle a continué à grandir

Και ακόμα και τότε συνέχισε να μεγαλώνει
Comme dernière ressource, elle passa un bras par la fenêtre
Ως τελευταίο πόρο έβαλε το ένα χέρι έξω από το παράθυρο
et elle mit un pied dans la cheminée
και έβαλε το ένα πόδι πάνω στην καμινάδα
« Maintenant, je ne peux plus faire, quoi qu'il arrive »
«Τώρα δεν μπορώ να κάνω περισσότερα, ό,τι κι αν συμβεί»
« Que vais-je devenir ? »
«Τι θα απογίνω εγώ;»

Alice a eu un peu de chance
Η Αλίκη είχε ένα σημείο τύχης
La petite bouteille magique avait fait son plein effet
Το μικρό μαγικό μπουκάλι είχε την πλήρη επίδρασή του
et Alice ne grandit pas plus qu'elle n'était
και η Αλίκη δεν μεγάλωσε περισσότερο από ό, τι ήταν
Au bout de quelques minutes, elle entendit une voix à l'extérieur
Μετά από λίγα λεπτά άκουσε μια φωνή έξω
et elle s'arrêta pour écouter la voix
και σταμάτησε να ακούσει τη φωνή

« Mary Ann ! Mary Ann ! dit la voix

«Μαίρη Ανν! Μαίρη Ανν!» είπε η φωνή

« Apporte-moi mes gants tout de suite ! »

«Φέρε μου τα γάντια μου αυτή τη στιγμή!»

Puis vint un petit claquement de pieds dans l'escalier

Στη συνέχεια ήρθε ένα μικρό χτύπημα των ποδιών στις σκάλες

Alice savait que c'était le lapin qui venait la chercher

Η Αλίκη ήξερε ότι ήταν το κουνέλι που ερχόταν να την ψάξει

et elle trembla jusqu'à faire trembler la maison

Και έτρεμε μέχρι που ταρακούνησε το σπίτι

elle oublia tout à fait quelles étaient ses proportions

Ξέχασε ποιες ήταν οι αναλογίες της

Elle était mille fois plus grosse que le lapin

Ήταν χίλιες φορές μεγαλύτερη από το κουνέλι

et elle n'avait aucune raison d'avoir peur d'un lapin

Και δεν είχε κανένα λόγο να φοβάται ένα κουνέλι

Bientôt le lapin s'approcha de la porte

Σύντομα το κουνέλι ήρθε στην πόρτα

et le petit lapin essaya d'ouvrir la porte

Και το μικρό κουνέλι προσπάθησε να ανοίξει την πόρτα

La porte a commencé à s'ouvrir vers l'intérieur

Η πόρτα άρχισε να ανοίγει προς τα μέσα

mais le coude d'Alice était fortement appuyé contre la porte

αλλά ο αγκώνας της Αλίκης πιέστηκε δυνατά στην πόρτα

Cette tentative s'est avérée un échec

Αυτή η προσπάθεια αποδείχθηκε αποτυχημένη

Alice entendit le lapin se parler à lui-même

Η Αλίκη άκουσε το κουνέλι να μιλάει στον εαυτό του

« Ensuite, je vais faire le tour et entrer par la fenêtre »

«Μετά θα πάω και θα μπω από το παράθυρο»

« Que tu ne le feras pas ! » pensa Alice

«Ότι δεν θα το κάνεις!» σκέφτηκε η Αλίκη

Et elle attendit encore un peu

και περίμενε λίγο ξανά

Bientôt, elle entendit le lapin juste sous la fenêtre

Σύντομα άκουσε το κουνέλι ακριβώς κάτω από το
παράθυρο
Elle étendit soudain la main
Ξαφνικά άπλωσε το χέρι της
et elle fit une prise en l'air
και έκανε μια αρπαγή στον αέρα
Elle n'a rien attrapé
Δεν πήρε τίποτα στα χέρια της
mais elle entendit un petit cri et une chute
Αλλά άκουσε μια μικρή κραυγή και μια πτώση
et elle entendit un fracas de verre brisé
και άκουσε μια συντριβή σπασμένου γυαλιού
Peut-être le lapin était-il tombé
Ίσως το κουνέλι να είχε πέσει
Peut-être était-il dans une serre
Ίσως ήταν σε ένα θερμοκήπιο
Puis vint une voix en colère ; La voix du lapin
Μετά ακούστηκε μια θυμωμένη φωνή. Η φωνή του
κουνελιού
« Pat, où es-tu ? »
"Pat, πού είσαι;"
**Et puis vint une voix qu'elle n'avait jamais entendue
auparavant**
Και τότε ήρθε μια φωνή που δεν είχε ακούσει ποτέ πριν
« Votre honneur, je suis là ! »
«Τιμή σας, είμαι εδώ!»
« Je creuse pour trouver des pommes »
«Σκάβω μήλα»
« Ici ! Venez m'aider à m'en sortir !
«Εδώ! Ελάτε να με βοηθήσετε να βγω από αυτό!»
**« Maintenant, dis-moi, Pat, qu'est-ce qu'il y a dans la fenêtre
? »**
«Τώρα πες μου, Πατ, τι είναι αυτό στο παράθυρο;»
« Bien sûr, Votre Honneur, je vais vous le dire »
«Σίγουρα, τιμή σου, θα σου πω»
« C'est un bras qui est dans la fenêtre ! »
«Είναι ένα χέρι που είναι στο παράθυρο!»

« Eh bien, un bras n'a rien à faire là-bas »
"Λοιπόν, ένα χέρι δεν έχει καμία δουλειά εκεί"
« Va et enlève le bras ! »
«Πήγαινε και πάρε το χέρι μακριά!»
Il y eut un long silence après cela
Υπήρξε μια μακρά σιωπή μετά από αυτό
et Alice n'entendait que des chuchotements de temps en temps
και η Αλίκη άκουγε μόνο ψιθύρους πού και πού
et enfin elle étendit de nouveau la main
Και επιτέλους άπλωσε ξανά το χέρι της
et elle fit une autre arrachée dans les airs
Και έκανε άλλη μια αρπαγή στον αέρα
Cette fois, il y eut deux petits cris
Αυτή τη φορά υπήρχαν δύο μικρές κραυγές
et il y avait d'autres bruits de verre brisé
και υπήρχαν περισσότεροι ήχοι σπασμένου γυαλιού
« Je me demande ce qu'ils vont faire ensuite ! » pensa Alice
«Αναρωτιέμαι τι θα κάνουν μετά!» σκέφτηκε η Αλίκη
« J'aimerais qu'ils me tirent par la fenêtre »
«Μακάρι να με έβγαζαν από το παράθυρο»
Elle attendit un certain temps
Περίμενε αρκετή ώρα
Mais pendant un moment, elle n'entendit plus rien
Αλλά για λίγο δεν άκουσε τίποτα περισσότερο
Enfin, il y eut un grondement de petites roues
Επιτέλους ήρθε ένα βουητό από μικρούς τροχούς
et il y eut le son d'un bon nombre de voix
Και ακούστηκε ο ήχος πολλών φωνών
Toutes les voix parlaient ensemble
Όλες οι φωνές μιλούσαν μαζί
Elle pouvait distinguer certaines des paroles
Θα μπορούσε να διακρίνει μερικές από τις λέξεις
« Où est l'autre échelle ? »
"Πού είναι η άλλη σκάλα;"
« Bill a l'autre échelle »
«Ο Μπιλ έχει την άλλη σκάλα»

« Bill, viens ici ! »

«Μπιλ, έλα εδώ!»

« Le toit va-t-il supporter le fardeau ? »

"Θα αντέξει η οροφή το φορτίο;"

« Qui veut descendre par la cheminée ? »

"Ποιος θέλει να κατέβει από την καμινάδα;"

— Non, je ne le ferai pas ! Vous le faites !

«Όχι, δεν θα το κάνω! Το κάνεις!»

« Tiens, Bill ! »

«Εδώ, Μπιλ!»

« Le maître dit qu'il faut descendre par la cheminée ! »

«Ο αφέντης λέει ότι πρέπει να κατέβεις από την καμινάδα!»

Alice descendit son pied aussi loin qu'elle le put dans la cheminée

Η Αλίκη τράβηξε το πόδι της όσο πιο κάτω μπορούσε από την καμινάδα

Et puis elle attendit de voir ce qui allait arriver

Και μετά περίμενε να δει τι ερχόταν

Elle entendit un petit animal gratter et se débattre

Άκουσε ένα μικρό ζώο να ξύνεται και να ανακατεύεται

Le petit animal doit être dans la cheminée

το μικρό ζώο πρέπει να βρίσκεται στην καμινάδα

Puis elle donna un coup de pied sec

Στη συνέχεια έδωσε μια απότομη κλωτσιά

et elle attendit de voir ce qui allait se passer ensuite

Και περίμενε να δει τι θα συνέβαινε στη συνέχεια

Elle entendit un chœur général de voix

Άκουσε μια γενική χορωδία φωνών

« Voilà Bill ! » dirent-ils tous

«Πάει Μπιλ!» είπαν όλοι

Puis elle entendit la voix du lapin seule

Τότε άκουσε μόνο τη φωνή του κουνελιού

« Toi par la haie, attrape-le ! »

«Εσύ από το φράχτη, πιάσε τον!»

Il y eut un autre moment de silence

Τηρήθηκε ενός λεπτού σιγή

Et puis il y eut une autre confusion de voix

Και τότε υπήρξε μια άλλη σύγχυση φωνών

« Lève la tête, Brandy »

«Σήκωσε ψηλά το κεφάλι του, Μπράντι»

« Attention à ne pas l'étouffer »

«Πρόσεχε να μην τον πνίξεις»

« Qu'est-ce qui t'est arrivé ? »

«Τι σου συνέβη;»

Enfin, une petite voix faible et grinçante est apparue

Τελευταία ήρθε μια λίγο αδύναμη, τσιριχτή φωνή

« Eh bien, je n'en sais presque pas plus »

"Λοιπόν, δεν ξέρω πια"

« merci à tous, je vais mieux maintenant »

«Σας ευχαριστώ όλους, είμαι καλύτερα τώρα»

« il y a une chose dont je peux me souvenir »

«Υπάρχει ένα πράγμα που μπορώ να θυμηθώ»

« Quelque chose vient à moi comme un train dans un tunnel »

"Κάτι έρχεται σε μένα σαν ένα τρένο σε ένα τούνελ"

« Et je vole comme une fusée ! »

«Και ψηλά πετάω σαν πύραυλος του ουρανού!»

Il y eut une minute ou deux de silence

Τηρήθηκε ενός ή δύο λεπτών σιγή

puis ils ont recommencé à se déplacer

Και μετά άρχισαν να κινούνται ξανά

et Alice entendit de nouveau le Lapin parler

και η Αλίκη άκουσε το κουνέλι να μιλάει ξανά

« Une brouette fera l'affaire, pour commencer »

"Ένα barrowful θα κάνει, για να αρχίσει με"

« Une brouette pleine de quoi ? » pensa Alice

«Ένα βαρετό από τι;» σκέφτηκε η Αλίκη

Mais elle ne fut pas tenue en suspens longtemps

Αλλά δεν κρατήθηκε σε αγωνία για πολύ

Une pluie de petits cailloux est passée par la fenêtre

Μια ντουζιέρα από μικρά βότσαλα ήρθε από το παράθυρο

et quelques petits cailloux l'ont frappée au visage

και μερικά από τα μικρά βότσαλα την χτύπησαν στο

πρόσωπο
Alice fut surprise par les petits cailloux
Η Αλίκη έμεινε έκπληκτη με τα μικρά βότσαλα
Tous les petits cailloux se transformaient en gâteaux
όλα τα μικρά βότσαλα μετατρέπονταν σε κέικ
et une idée lumineuse lui vint à l'esprit
Και μια λαμπρή ιδέα ήρθε στο μυαλό της
« Je devrais manger un de ces gâteaux »
"Πρέπει να φάω ένα από αυτά τα κέικ"
« Le gâteau ne manquera pas de faire changer ma taille »
"Το κέικ είναι βέβαιο ότι θα κάνει κάποια αλλαγή στο
μέγεθός μου"
Alors elle a avalé l'un des gâteaux
Έτσι κατάπιε ένα από τα κέικ
et elle fut ravie de constater qu'elle commençait à rétrécir
Και ήταν ευτυχής που διαπίστωσε ότι άρχισε να
συρρικνώνεται
Bientôt, elle fut assez petite pour franchir la porte
Σύντομα ήταν αρκετά μικρή για να περάσει την πόρτα
Elle s'est enfuie de la maison
Έτρεξε έξω από το σπίτι
Une foule de petits animaux et d'oiseaux attendaient dehors
Ένα πλήθος μικρών ζώων και πουλιών περίμενε έξω
**tous les petits oiseaux et les petits animaux se précipitèrent
sur Alice**
όλα τα μικρά πουλιά και ζώα όρμησαν στην Αλίκη
Mais elle s'enfuit aussi vite qu'elle le put
Αλλά έφυγε όσο πιο γρήγορα μπορούσε
et bientôt elle se trouva en sécurité dans un bois épais
Και σύντομα βρέθηκε ασφαλής σε ένα παχύ δάσος
Alice errait dans les bois
Η Αλίκη περιπλανιόταν στο δάσος
Et elle pensa en elle-même :
Και σκέφτηκε:
« Je sais ce que je dois faire en premier »
«Ξέρω τι πρέπει να κάνω πρώτα»
« Je dois d'abord grandir à ma bonne taille »

"πρώτα πρέπει να μεγαλώσω ξανά στο σωστό μου μέγεθος"

« et puis je dois trouver mon chemin dans ce joli jardin »

"και τότε πρέπει να βρω το δρόμο μου σε αυτόν τον υπέροχο κήπο"

« Je suppose que je devrais manger ou boire quelque chose ou autre »

«Υποθέτω ότι πρέπει να φάω ή να πιω κάτι ή άλλο»

« Mais la question est de savoir ce que je dois manger ou boire ? »

"αλλά το ερώτημα είναι τι πρέπει να φάω ή να πιω;"

Alice regarda tout autour d'elle les fleurs

Η Αλίκη κοίταξε γύρω της τα λουλούδια

et elle regarda à travers les brins d'herbe

Και κοίταξε μέσα από τις λεπίδες του γρασιδιού

mais elle ne voyait rien à manger ni à boire

Αλλά δεν μπορούσε να δει τίποτα να φάει ή να πιει

Rien ne semblait être la bonne chose à manger ou à boire

Τίποτα δεν έμοιαζε με το σωστό πράγμα για φαγητό ή ποτό

Il y avait un gros champignon qui poussait près d'elle

Υπήρχε ένα μεγάλο μανιτάρι που μεγάλωνε κοντά της

le champignon était à peu près de la même taille qu'Alice

το μανιτάρι είχε περίπου το ίδιο ύψος με την Αλίκη

Elle s'étira sur la pointe des pieds

Τεντώθηκε στις μύτες των ποδιών

Et elle jeta un coup d'œil par-dessus le bord du champignon

Και κρυφοκοίταξε πάνω από την άκρη του μανιταριού

Ses yeux rencontrèrent immédiatement les yeux d'une grande chenille bleue

Τα μάτια της συνάντησαν αμέσως τα μάτια μιας μεγάλης μπλε κάμπιας

La chenille était assise sur le sommet du champignon

Η κάμπια καθόταν στην κορυφή του μανιταριού

et la chenille avait croisé tous ses bras

Και η κάμπια είχε σταυρώσει όλα τα χέρια του

et il fumait tranquillement un long narguilé

Και κάπνιζε ήσυχα ένα μακρύ ναργιλέ

et il ne faisait pas la moindre attention à rien
Και δεν έδωσε την παραμικρή σημασία σε τίποτα
et il n'a certainement pas fait attention à Alice
και σίγουρα δεν έδωσε προσοχή στην Αλίκη

Les conseils d'une chenille
Συμβουλές από κάμπια

Finalement, la chenille a retiré le narguilé de sa bouche
Επιτέλους η κάμπια έβγαλε τον ναργιλέ από το στόμα της
et il s'adressa à Alice d'une voix languissante et endormie
και απευθύνθηκε στην Αλίκη με μια νωχελική, νυσταγμένη φωνή
« Qui es-tu ? » demanda la chenille
«Ποιος είσαι;» είπε η κάμπια

Alice a répondu, plutôt timidement : « Je sais à peine, monsieur. »
Η Αλίκη απάντησε, μάλλον ντροπαλά, «Δεν ξέρω, κύριε»
« Juste pour le moment, c'est un peu... »
«Ακριβώς αυτή τη στιγμή είναι όλα λίγο...»
« Je sais qui j'étais quand je me suis levé ce matin" »
«Ξέρω ποιος ήμουν όταν σηκώθηκα σήμερα το πρωί»
« mais je pense que j'ai dû changer plusieurs fois depuis »
"αλλά νομίζω ότι πρέπει να έχω αλλάξει αρκετές φορές από τότε"
« Qu'est-ce que tu veux dire par là ? » dit la chenille

«Τι εννοείς με αυτό;» είπε η κάμπια
sévèrement, la chenille lui demanda de s'expliquer
Αυστηρά η κάμπια της ζήτησε να εξηγήσει τον εαυτό της
**— Je ne peux pas m'expliquer, j'en ai peur, monsieur, dit
Alice**
«Δεν μπορώ να εξηγήσω τον εαυτό μου, φοβάμαι, κύριε»,
είπε η Αλίκη
« parce que je ne suis pas moi-même »
«γιατί δεν είμαι ο εαυτός μου»
**« Vous voyez, être de tant de tailles différentes en une
journée, c'est très déroutant »**
"Βλέπετε, το να έχεις τόσα πολλά διαφορετικά μεγέθη σε
μια μέρα είναι πολύ συγκεχυμένο"
Elle se redressa et dit très gravement :
Σηκώθηκε και είπε πολύ σοβαρά:
« Je pense que tu devrais me dire qui tu es, en premier »
«Νομίζω ότι πρέπει πρώτα να μου πεις ποιος είσαι»
« Pourquoi ? » demanda la chenille
«Γιατί;» είπε η κάμπια
Alice ne voyait aucune bonne raison
Η Αλίκη δεν μπορούσε να σκεφτεί κανένα καλό λόγο
**et la chenille semblait être dans un état d'esprit très
désagréable**
Και η κάμπια φαινόταν να είναι σε μια πολύ δυσάρεστη
κατάσταση του μυαλού
alors elle s'en retourna
Έτσι γύρισε μακριά
« Reviens ! » la chenille l'appela
«Γύρνα πίσω!» της φώναξε η κάμπια
« J'ai quelque chose d'important à dire ! »
«Έχω κάτι σημαντικό να πω!»
Alice se retourna et revint
Η Αλίκη γύρισε και επέστρεψε ξανά
« Garde ton sang-froid », dit la chenille
«Κράτα την ψυχραιμία σου», είπε η κάμπια
— C'est tout ? dit Alice
«Αυτό είναι όλο;» είπε η Αλίκη

Et elle ravala sa colère de son mieux

Και κατάπιε το θυμό της όσο καλύτερα μπορούσε

« Non, » dit la chenille

«Όχι», είπε η κάμπια

La chenille déplia ses bras

Η κάμπια ξεδίπλωσε τα χέρια της

Et il retira le narguilé de sa bouche

Και έβγαλε πάλι τον ναργιλέ από το στόμα του

et il a dit : « Vous pensez donc que vous avez changé, n'est-ce pas ? »

Και είπε, ΄Ετσι νομίζεις ότι έχεις αλλάξει, έτσι;΄΄

— J'ai peur, je suis changée, monsieur, dit Alice

«Φοβάμαι, έχω αλλάξει, κύριε», είπε η Αλίκη

« Je ne me souviens plus des choses comme je m'en souvenais »

«Δεν μπορώ να θυμηθώ τα πράγματα όπως τα θυμόμουν»

« et je ne reste pas plus de dix minutes de la même taille ! »

"και δεν μένω στο ίδιο μέγεθος για περισσότερο από δέκα λεπτά!"

« Quelle taille veux-tu faire ? » demanda la chenille

«Τι μέγεθος θέλεις να είσαι;» ρώτησε η κάμπια

— Oh, ma taille ne me dérange pas particulièrement, répondit vivement Alice

«Ω, δεν με πειράζει ιδιαίτερα τι μέγεθος είμαι», απάντησε βιαστικά η Αλίκη

« Je n'aime pas changer de taille si souvent, vous savez »

"Απλά δεν μου αρέσει να αλλάζω μέγεθος τόσο συχνά, ξέρεις"

« J'aimerais être un peu plus grand, monsieur »

«Θα ήθελα να είμαι λίγο μεγαλύτερος, κύριε»

— Si cela ne vous dérange pas, ajouta Alice

«Αν δεν σε πειράζει», πρόσθεσε η Αλίκη

« Dix centimètres, c'est une taille si misérable »

"Δέκα εκατοστά είναι ένα τόσο άθλιο ύψος για να είναι"

« C'est une très bonne hauteur en effet ! » dit la chenille avec colère

«Είναι πράγματι πολύ καλό ύψος!» είπε θυμωμένη η

κάμπια
et il se redressa tout en parlant
Και σηκώθηκε όρθιος καθώς μιλούσε
Il mesurait exactement dix centimètres de haut
Είχε ύψος ακριβώς δέκα εκατοστά
Au bout d'une minute ou deux, la chenille s'est détachée du champignon
Σε ένα ή δύο λεπτά, η κάμπια κατέβηκε από το μανιτάρι
et il s'enfonça en rampant dans l'herbe
και σύρθηκε μακριά στο χορτάρι
En s'éloignant, il fit quelques petites remarques
Καθώς έφευγε, έκανε μερικές μικρές παρατηρήσεις
« Un côté vous fera grandir »
"Η μία πλευρά θα σας κάνει να ψηλώσετε"
« Et l'autre côté te fera rapetisser »
"Και η άλλη πλευρά θα σας κάνει να μικρύνετε"
« Un côté de quoi ? » pensa Alice en elle-même
«Μια πλευρά από τι;» σκέφτηκε η Αλίκη στον εαυτό της
« L'autre côté de quoi ? »
"Η άλλη πλευρά τι;"
« Le côté du champignon », dit la chenille
«Η πλευρά του μανιταριού», είπε η κάμπια
C'était comme si elle avait posé sa question à haute voix
Ήταν σαν να είχε κάνει την ερώτησή της δυνατά
et un instant plus tard, il fut hors de vue
Και σε μια άλλη στιγμή, ήταν εκτός οπτικού πεδίου
Alice resta pensivement à regarder le champignon
Η Αλίκη παρέμεινε κοιτάζοντας προσεκτικά το μανιτάρι
Elle essayait de distinguer quels étaient les deux côtés du champignon
Προσπαθούσε να καταλάβει ποιες ήταν οι δύο πλευρές του μανιταριού
Enfin, elle étendit ses bras autour du champignon
Επιτέλους τέντωσε τα χέρια της γύρω από το μανιτάρι
Et elle cassa un peu les bords
και έσπασε λίγο από τις άκρες
« Et maintenant, de quel côté est-ce ? » se dit-elle

«Και τώρα, ποια πλευρά είναι ποια;» είπε στον εαυτό της
et elle grignota un peu du mors de la main droite
και τσίμπησε λίγο από το δεξί κομμάτι
L'instant d'après, elle sentit un violent coup sous son menton
Την επόμενη στιγμή ένιωσε ένα βίαιο χτύπημα κάτω από το πηγούνι της
Son menton avait heurté son pied !
Το πηγούνι της είχε χτυπήσει το πόδι της!
Elle fut bien effrayée par ce changement très soudain
Ήταν πολύ φοβισμένη από αυτή την πολύ ξαφνική αλλαγή
Elle rétrécissait très rapidement
Συρρικνωνόταν πολύ γρήγορα
Alors elle a rapidement mangé un peu de l'autre morceau de champignon
Έτσι έφαγε γρήγορα λίγο από το άλλο κομμάτι μανιταριού
Son menton était très serré contre son pied
Το πηγούνι της πιέστηκε πολύ στενά στο πόδι της
Il y avait à peine de la place pour ouvrir la bouche
Δεν υπήρχε σχεδόν καθόλου χώρος για να ανοίξει το στόμα της
mais elle parvint enfin à ouvrir la bouche
Αλλά τελικά κατάφερε να ανοίξει το στόμα της
et elle avala un morceau du mors de la main gauche
και κατάπιε μια μπουκιά από το αριστερό κομμάτι
« Ma tête a enfin été libérée ! » dit Alice
«Επιτέλους ελευθερώθηκε το κεφάλι μου!» είπε η Αλίκη
Elle baissa les yeux sur elle-même
Κοίταξε τον εαυτό της
mais tout ce qu'elle pouvait voir, c'était une immense longueur de cou
Αλλά το μόνο που μπορούσε να δει ήταν ένα τεράστιο μήκος λαιμού
Son cou semblait se dresser comme une tige
Ο λαιμός της φαινόταν να ανεβαίνει σαν μίσχος
et elle baissa les yeux sur une mer de feuilles vertes

Και κοίταξε κάτω πάνω από μια θάλασσα από πράσινα φύλλα

« Où sont passées mes épaules ? »

«Πού πήγαν οι ώμοι μου;»

« Et oh, mes pauvres mains, comment se fait-il que je ne puisse pas vous voir ? »

«Και ω, φτωχά μου χέρια, πώς γίνεται να μην μπορώ να σε δω;»

Mais son cou avait un avantage

Αλλά ο λαιμός της είχε ένα όφελος.

Elle pouvait bouger la tête dans n'importe quelle direction

Μπορούσε να κινήσει το κεφάλι της προς οποιαδήποτε κατεύθυνση

En fait, elle était comme un serpent

Στην πραγματικότητα, ήταν ακριβώς όπως ένα φίδι

Elle zigzague gracieusement, la tête baissée

Έκανε χαριτωμένα ζιγκ-ζαγκ το κεφάλι της προς τα κάτω

et elle remua la tête à travers les arbres

Και κίνησε το κεφάλι της μέσα από τα δέντρα

Mais elle entendit alors un sifflement aigu

Αλλά τότε άκουσε ένα απότομο σφύριγμα

Et elle tira rapidement la tête en arrière

Και τράβηξε γρήγορα το κεφάλι της προς τα πίσω

Un gros pigeon lui avait volé au visage

Ένα μεγάλο περιστέρι είχε πετάξει στο πρόσωπό της

et le pigeon était violemment avec ses ailes

Και το περιστέρι ήταν βίαια με τα φτερά του

« Serpent ! » cria le pigeon

«Φίδι!» φώναξε το περιστέρι

« Je ne suis pas un serpent ! » dit Alice avec indignation

«Δεν είμαι φίδι!» είπε αγανακτισμένη η Αλίκη

« Laisse-moi tranquille ! »

«Άσε με ήσυχο!»

« J'ai essayé les racines des arbres »

"Έχω δοκιμάσει τις ρίζες των δέντρων"

— Et j'ai essayé des haies, continua le pigeon

«Και έχω δοκιμάσει φράχτες», συνέχισε το περιστέρι

« Mais ces serpents ! Il n'y a pas moyen de leur plaire !

«Μα αυτά τα φίδια! Δεν τους ευχαριστεί!»

Alice était de plus en plus perplexe

Η Αλίκη ήταν όλο και πιο μπερδεμένη

« Comme si ce n'était pas assez compliqué de faire éclore les œufs », a déclaré le pigeon

«Σαν να μην ήταν αρκετό πρόβλημα η εκκόλαψη των αυγών», είπε το περιστέρι

« Nuit et jour, je dois aussi faire attention aux serpents ! »

«Νύχτα και μέρα πρέπει να προσέχω και τα φίδια!»
« Je venais de trouver l'arbre le plus haut de la forêt »
«Μόλις είχα βρει το ψηλότερο δέντρο στο δάσος»
« Je serais sûrement libre des serpents ici ? »
«Σίγουρα θα ήμουν ελεύθερος από τα φίδια εδώ;»
« Et un serpent sort du ciel ! »
«Και βγαίνει ένα φίδι από τον ουρανό!»
« Mais je ne suis pas un serpent, je vous le dis ! » dit Alice
«Μα δεν είμαι φίδι, σου λέω!» είπε η Αλίκη
"Je suis un... Je suis un... Je suis une petite fille, ajouta-t-elle d'un air un peu dubitatif
«Είμαι... Είμαι... Είμαι ένα μικρό κορίτσι», πρόσθεσε μάλλον αμφίβολα
Après tout, elle avait traversé beaucoup de changements
Εξάλλου, είχε περάσει από πολλές αλλαγές
« Tu cherches des œufs », dit le pigeon
«Ψάχνεις για αυγά», είπε το περιστέρι
« Je le sais pertinemment »
"Το ξέρω αυτό για ένα γεγονός"
« Et qu'importe que vous soyez une petite fille ou un serpent ? »
«Και τι σημασία έχει αν είσαι κοριτσάκι ή φίδι;»
— Cela m'importe beaucoup, dit Alice à la hâte
«Έχει μεγάλη σημασία για μένα», είπε βιαστικά η Αλίκη
« mais je ne cherche pas d'œufs, en l'occurrence »
"αλλά δεν ψάχνω για αυγά, όπως συμβαίνει"
« et je ne voudrais pas de tes œufs de toute façon »
"και δεν θα ήθελα τα αυγά σου ούτως ή άλλως"
« Je n'aime pas mes œufs crus »
«Δεν μου αρέσουν τα αυγά μου ωμά»
« Eh bien, allez-vous-en ! » dit le pigeon d'un ton boudeur
«Λοιπόν, φύγε τότε!» είπε το περιστέρι με μελαγχολικό τόνο
et le pigeon se posa de nouveau dans son nid
και το περιστέρι εγκαταστάθηκε ξανά στη φωλιά του
Alice s'accroupit parmi les arbres du mieux qu'elle put
Η Αλίκη έσκυψε ανάμεσα στα δέντρα όσο καλύτερα

μπορούσε
Son cou ne cessait de s'emmêler parmi les branches
Ο λαιμός της συνέχιζε να μπλέκεται ανάμεσα στα κλαδιά
De temps en temps, elle devait s'arrêter et se tordre le cou
Κάθε τόσο έπρεπε να σταματήσει και να ξετυλίξει το λαιμό της
Au bout d'un moment, elle se souvint du champignon
Μετά από λίγο θυμήθηκε το μανιτάρι
Elle tenait toujours les morceaux de champignon dans ses mains
Κρατούσε ακόμα τα κομμάτια του μανιταριού στα χέρια της
et elle se mit à l'œuvre avec beaucoup de soin
και άρχισε να εργάζεται πολύ προσεκτικά
D'abord, elle a grignoté un morceau
Πρώτα τσίμπησε σε ένα κομμάτι
puis elle grignota l'autre morceau
Και μετά τσίμπησε το άλλο κομμάτι
Parfois, elle grandissait
Μερικές φορές μεγάλωνε
et parfois elle devenait plus petite
Και μερικές φορές έγινε μικρότερη
Mais finalement, elle a atteint sa taille habituelle
Αλλά τελικά πέτυχε το συνηθισμένο ύψος της
Elle n'avait pas été de sa taille depuis un certain temps
Δεν είχε το δικό της ύψος για αρκετό καιρό
Tout m'a semblé étrange pendant un moment
Έτσι όλα έμοιαζαν περίεργα για λίγο
« La prochaine chose à faire est d'entrer dans ce beau jardin »
"Το επόμενο πράγμα που πρέπει να κάνετε είναι να μπείτε σε αυτόν τον όμορφο κήπο"
« Comment cela se fera-t-il, je me demande ? »
«Πώς θα γίνει αυτό, αναρωτιέμαι;»
En disant cela, elle tomba sur un endroit ouvert
Καθώς το είπε αυτό, ήρθε σε ένα ανοιχτό μέρος
Il y avait une petite maison, un peu plus haute qu'un mètre

Υπήρχε ένα μικρό σπίτι, λίγο ψηλότερα από ένα μέτρο
« Je me demande qui habite cette petite maison »
"Αναρωτιέμαι ποιος ζει σε αυτό το μικρό σπίτι"
« Je ne peux certainement pas y aller aussi grand que je le suis »
«Σίγουρα δεν μπορώ να μπω τόσο μεγάλος όσο είμαι»
« Je les effrayerais terriblement ! »
«Θα τους τρόμαζα τρομερά!»
alors elle grignota à nouveau le petit champignon
Έτσι τσίμπησε ξανά το μικρό μανιτάρι
et bientôt elle s'abaissa de trente centimètres
Και σύντομα κατέβηκε τριάντα εκατοστά

Un cochon et du poivre

Ένα γουρούνι και λίγο πιπέρι

Pendant une minute ou deux, elle resta à regarder la maison

Για ένα ή δύο λεπτά στάθηκε κοιτάζοντας το σπίτι

Soudain, un valet de pied sortit en courant des bois

Ξαφνικά ένας πεζός βγήκε τρέχοντας από το δάσος

Il portait un uniforme de livrée spécial

Φορούσε ειδική στολή εμφάνισης

à en juger par son seul visage, elle l'aurait traité de poisson

Κρίνοντας μόνο από το πρόσωπό του, θα τον αποκαλούσε ψάρι

et il frappa bruyamment à la porte avec ses jointures

Και χτύπησε δυνατά την πόρτα με τις αρθρώσεις του

La porte fut ouverte par un autre valet de pied

Την πόρτα άνοιξε ένας άλλος πεζός

Ce valet de pied portait également une livrée spéciale

Και αυτός ο ποδοσφαιριστής φορούσε ειδική στολή

Ce valet de pied avait un visage rond et de grands yeux comme une grenouille

Αυτός ο ποδοσφαιριστής είχε στρογγυλό πρόσωπο και μεγάλα μάτια σαν βάτραχος

C'est le valet de pied qui ressemblait à un poisson qui a
initié la cérémonie
Ο ποδοσφαιριστής που έμοιαζε με ψάρι ξεκίνησε την
τελετή
Il sortit quelque chose de sous son bras
Έβγαλε κάτι κάτω από το χέρι του
et il tira de dessous son bras une enveloppe
Και έβγαλε από κάτω από το μπράτσο του ένα φάκελο
et cette enveloppe, il la remit à l'autre valet de pied
Και αυτόν τον φάκελο τον παρέδωσε στον άλλο πεζό.
D'un ton cérémoniel, il lui donna les ordres
Με τελετουργικό τόνο του είπε τις διαταγές
« Ce message s'adresse à la duchesse »
«Αυτό το μήνυμα είναι για τη Δούκισσα»
« Une invitation de la reine à jouer au croquet »
"Μια πρόσκληση από τη βασίλισσα να παίξει κροκέ"
Le valet de pied qui ressemblait à une grenouille répéta
l'ordre
Ο πεζός που έμοιαζε με βάτραχο επανέλαβε τη διαταγή
« De la reine »
"Από τη βασίλισσα"
« Une invitation »
"Μια πρόσκληση"
« pour la duchesse »
"για τη Δούκισσα"
« Jouer au croquet »
"παίζοντας κροκέ"
Puis ils s'inclinèrent tous les deux
Τότε και οι δύο υποκλίθηκαν χαμηλά
et les boucles de leurs perruques s'emmêlèrent
και οι μπούκλες στις περούκες τους μπλέχτηκαν μεταξύ
τους
Bientôt, le valet de pied qui ressemblait à un poisson a
disparu
Σύντομα ο πεζός που έμοιαζε με ψάρι είχε φύγει
Mais le valet de pied qui ressemblait à une grenouille était
toujours là

Αλλά ο ποδοσφαιριστής που έμοιαζε με βάτραχο ήταν
ακόμα εκεί
Il était assis par terre près de la porte
Καθόταν στο έδαφος κοντά στην πόρτα
Il regardait bêtement le ciel
Κοιτούσε ψηλά στον ουρανό
Alice s'approcha timidement de la porte et frappa
Η Αλίκη ανέβηκε δειλά δειλά στην πόρτα και χτύπησε
— Il ne sert à rien de frapper, dit le valet de pied
«Δεν υπάρχει λόγος να χτυπάς», είπε ο πεζός
« Et ce, pour deux raisons »
«Και αυτό για δύο λόγους»
**« D'abord, parce que je suis du même côté de la porte que
toi »**
"Πρώτον, επειδή είμαι στην ίδια πλευρά της πόρτας με
εσάς"
**« Deuxièmement, parce qu'ils font tellement de bruit à
l'intérieur »**
"Δεύτερον, επειδή κάνουν τόσο πολύ θόρυβο μέσα"
« Personne ne pouvait vous entendre »
«Κανείς δεν μπορούσε να σε ακούσει»
**Et il y avait certainement un bruit des plus extraordinaires à
l'intérieur**
Και σίγουρα υπήρχε ένας πολύ ασυνήθιστος θόρυβος μέσα
des hurlements et des éternuements constants
ένα συνεχές ουρλιαχτό και φτάρνισμα
et de temps en temps un bruit de grand fracas
και κάθε τόσο ένας ήχος μεγάλης συντριβής
**comme si un plat ou une bouilloire avait été brisé en
morceaux**
σαν ένα πιάτο ή βραστήρας να είχε σπάσει σε κομμάτια
« Comment vais-je entrer ? » demanda Alice
«Πώς θα μπω μέσα;» ρώτησε η Αλίκη
— Faut-il que tu entres ? dit le valet de pied
«Πρέπει να μπεις μέσα;» είπε ο πεζός
« C'est la première question, vous savez »
«Αυτή είναι η πρώτη ερώτηση, ξέρεις»

Alice ouvrit la porte et entra

Η Αλίκη άνοιξε την πόρτα και μπήκε μέσα

La porte menait directement à une grande cuisine

Η πόρτα οδηγούσε κατευθείαν σε μια μεγάλη κουζίνα

La cuisine était pleine de fumée d'un bout à l'autre

Η κουζίνα ήταν γεμάτη καπνό από τη μια άκρη στην άλλη

au milieu de la cuisine se trouvait la duchesse

στη μέση της κουζίνας ήταν η Δούκισσα

Elle était assise sur un tabouret à trois pieds

Καθόταν σε ένα τρίποδο σκαμνί

et elle allaitait un bébé

και θήλαζε ένα μωρό

Le cuisinier était penché au-dessus du feu

Ο μάγειρας έσκυψε πάνω από τη φωτιά

Il remuait un grand chaudron

Ανακάτευε ένα μεγάλο καζάνι

et le chaudron semblait être plein de soupe

Και το καζάνι φαινόταν να είναι γεμάτο σούπα

**« Il y a certainement trop de poivre dans cette soupe ! » Alice
se dit**

"Υπάρχει σίγουρα πάρα πολύ πιπέρι σε αυτή τη σούπα!"
είπε η Αλίκη στον εαυτό της

Elle l'a dit du mieux qu'elle a pu sans éternuer

Το είπε όσο καλύτερα μπορούσε χωρίς φτέρνισμα

Même la duchesse éternuait de temps en temps

Ακόμη και η Δούκισσα φτερνίστηκε περιστασιακά

Mais les actions du bébé étaient les plus remarquables

Αλλά οι ενέργειες του μωρού ήταν οι πιο αξιοσημείωτες

Le bébé éternuait et hurlait alternativement

Το μωρό φτερνιζόταν και ούρλιαζε εναλλάξ

**Il n'y avait pas un instant de pause entre les hurlements et
les éternuements**

Δεν υπήρξε ούτε μια στιγμή παύσης μεταξύ ουρλιαχτού
και φτερνίσματος

**Il y avait deux créatures dans la cuisine qui n'éternuaient
pas**

Υπήρχαν δύο πλάσματα στην κουζίνα που δεν

φτερνίζονταν
Le cuisinier était trop occupé pour éternuer
Ο μάγειρας ήταν πολύ απασχολημένος για να φτερνιστεί
et le gros chat ne semblait pas se soucier du poivre
Και η μεγάλη γάτα δεν φαινόταν να πειράζει το πιπέρι
Au lieu de cela, le gros chat souriait d'une oreille à l'autre
Αντ 'αυτού, η μεγάλη γάτα χαμογελούσε από αυτί σε αυτί
— Pourriez-vous me le dire, s'il vous plaît, dit Alice un peu timidement
«Σε παρακαλώ, πες μου», είπε δειλά δειλά η Αλίκη
« Pourquoi ton chat sourit-il comme ça ? »
"Γιατί η γάτα σας χαμογελάει έτσι;"
« C'est un Cheshire-Cat, » dit la duchesse
«Είναι μια γάτα Cheshire», είπε η δούκισσα
« Et c'est pourquoi il sourit d'une oreille à l'autre »
«Και γι' αυτό χαμογελάει από αυτί σε αυτί»
« Je ne savais pas qu'un Cheshire-Cat souriait toujours »
"Δεν ήξερα ότι μια γάτα Cheshire-Cat πάντα χαμογελούσε"
« En fait, je ne savais pas que les chats pouvaient sourire », a déclaré Alice
«Στην πραγματικότητα, δεν ήξερα ότι οι γάτες θα μπορούσαν να χαμογελάσουν», είπε η Alice
— Il y a beaucoup de choses que vous ne savez pas, dit la duchesse
«Υπάρχουν πολλά που δεν ξέρεις», είπε η δούκισσα
« Il y a beaucoup de choses que vous ne savez pas et c'est un fait »
"Υπάρχουν πολλά που δεν γνωρίζετε και αυτό είναι γεγονός"
Juste à ce moment-là, le cuisinier retira le chaudron de soupe du feu
Ακριβώς τότε ο μάγειρας έβγαλε το καζάνι της σούπας από τη φωτιά
et aussitôt, elle commença à jeter tout ce qui était à sa portée
Και αμέσως άρχισε να πετάει ό,τι μπορούσε
elle jeta tout ce qu'elle put sur la duchesse et le bébé
έριξε ό,τι μπορούσε στη Δούκισσα και το μωρό

D'abord, elle jeta les fers à feu

Πρώτα έριξε τα σίδερα της φωτιάς

Puis elle a jeté une poignée de casseroles

Στη συνέχεια έριξε μια χούφτα κατσαρόλες

et enfin elle jeta les assiettes et les plats

Και τελικά πέταξε τα πιάτα και τα πιάτα

La duchesse ne fit pas attention à elle

Η Δούκισσα δεν την πρόσεξε

Même lorsqu'elle a été frappée par une assiette, elle ne s'est pas inquiétée

Ακόμα και όταν χτυπήθηκε από ένα πιάτο, δεν ανησυχούσε

Le bébé hurlait déjà tellement

Το μωρό ούρλιαζε ήδη τόσο πολύ

Il était donc impossible de dire si les coups blessaient le bébé ou non

Έτσι ήταν αδύνατο να πούμε αν τα χτυπήματα έβλαψαν το μωρό ή όχι

« Oh, je vous en prie, faites attention à ce que vous faites ! » s'écria Alice

«Ω, σε παρακαλώ πρόσεχε τι κάνεις!» φώναξε η Αλίκη

et elle sautait de haut en bas dans une agonie de terreur

Και πήδηξε πάνω-κάτω σε μια αγωνία τρόμου

la duchesse offrit le bébé à Alice

η Δούκισσα πρόσφερε στην Αλίκη το μωρό

« Ici ! Tu peux allaiter un peu le bébé, si tu veux !

«Εδώ! Μπορείτε να θηλάσετε λίγο το μωρό, αν θέλετε!»

et elle lui lança l'enfant tout en parlant

Και πέταξε το μωρό πάνω της καθώς μιλούσε

« Je dois aller me préparer à jouer au croquet avec la reine »

«Πρέπει να πάω και να ετοιμαστώ να παίξω κροκέ με τη βασίλισσα»

et elle se hâta de sortir de la chambre

Και βγήκε βιαστικά από το δωμάτιο

Alice attrapa le bébé avec quelque difficulté

Η Αλίκη έπιασε το μωρό με κάποια δυσκολία

parce que c'était une petite créature de forme très étrange

επειδή ήταν ένα πολύ περίεργο σχήμα μικρό πλάσμα
et l'enfant tendit les bras et les jambes dans toutes les directions
Και το μωρό άπλωσε τα χέρια και τα πόδια του προς όλες τις κατευθύνσεις
« Je ferais mieux d'emmener cet enfant avec moi », pensa Alice
«Καλύτερα να πάρω αυτό το παιδί μαζί μου», σκέφτηκε η Αλίκη
« Ils sont sûrs de tuer ce bébé dans un jour ou deux »
«Είναι σίγουρο ότι θα σκοτώσουν αυτό το μωρό σε μια ή δύο μέρες»
« Ne serait-ce pas un meurtre de laisser ce bébé derrière soi ? »
«Δεν θα ήταν δολοφονία να αφήσουμε αυτό το μωρό πίσω;»
Elle prononça les derniers mots à haute voix
Είπε τις τελευταίες λέξεις δυνατά
Et la petite créature grogna en réponse
Και το μικρό πράγμα γρύλισε σε απάντηση
« Tu ferais mieux de ne pas te transformer en cochon, ma chère, » dit Alice
«Καλύτερα να μην γίνεις γουρούνι, αγαπητή μου», είπε η Αλίκη
« ou alors je n'aurai plus rien à faire avec toi »
"αλλιώς δεν θα έχω τίποτα άλλο να κάνω μαζί σου"
Alice commençait à peine à penser en elle-même :
Η Αλίκη μόλις είχε αρχίσει να σκέφτεται:
« Maintenant, que vais-je faire de cette créature, quand je la ramène à la maison ? »
"Τώρα, τι θα κάνω με αυτό το πλάσμα, όταν το πάρω σπίτι;"
Mais alors la petite créature grogna un peu violemment
Αλλά τότε το μικρό πλάσμα γρύλισε λίγο βίαια
et Alice baissa les yeux sur son visage avec une certaine inquiétude
και η Αλίκη κοίταξε κάτω στο πρόσωπό του με κάποιο συναγερμό

Cette fois, il ne pouvait y avoir d'erreur à ce sujet

Αυτή τη φορά δεν θα μπορούσε να υπάρξει λάθος γι 'αυτό

Ce n'était ni plus ni moins qu'un cochon

Δεν ήταν ούτε περισσότερο ούτε λιγότερο από ένα γουρούνι

alors elle déposa la petite créature

Έτσι έβαλε το μικρό πλάσμα κάτω

et la petite créature s'éloigna tranquillement dans le bois

Και το μικρό πλάσμα έτρεξε μακριά ήσυχα στο δάσος

Alice se sentit tout à fait soulagée de voir la créature partir

Η Αλίκη ένιωσε αρκετά ανακουφισμένη όταν είδε το πλάσμα να φεύγει

Alice fut un peu surprise en voyant le Chat-Cheshire

Η Αλίκη ξαφνιάστηκε λίγο βλέποντας τη γάτα Cheshire.

Il était assis sur une branche d'arbre à quelques mètres de là

Καθόταν σε ένα κλαδί ενός δέντρου λίγα μέτρα μακριά

Le chat ne sourit que lorsqu'il la vit

Η γάτα χαμογέλασε μόνο όταν την είδε

« Chat du Cheshire », commença Alice un peu timidement

«Cheshire-cat», άρχισε η Αλίκη, μάλλον δειλά

« Pourriez-vous s'il vous plaît me dire dans quelle direction je dois aller à partir d'ici ? »

«Θα μπορούσες, σε παρακαλώ, να μου πεις ποιο δρόμο πρέπει να ακολουθήσω από εδώ;»

« Dans cette direction », dit le chat

«Προς αυτή την κατεύθυνση», είπε η γάτα

et il agita la patte droite

και κούνησε το δεξί πόδι γύρω

« C'est dans cette direction que vit un fabricant de chapeaux »

«Προς αυτή την κατεύθυνση ζει ένας κατασκευαστής καπέλων»

puis le chat agita son autre patte

Και τότε η γάτα κούνησε το άλλο της πόδι

« Et dans cette direction vit un lièvre de marche »

«Και προς αυτή την κατεύθυνση ζει ένας λαγός πορείας»

« Visitez l'un ou l'autre de vos goûts ; Ils sont tous les deux

fous"

"Επισκεφθείτε ό, τι θέλετε. Είναι και οι δύο τρελοί»

— **Mais je ne veux pas aller parmi des fous, remarqua Alice**

«Αλλά δεν θέλω να πάω ανάμεσα σε τρελούς ανθρώπους», παρατήρησε η Αλίκη

« Oh, tu ne peux pas t'en empêcher, » dit le Chat

«Ω, δεν μπορείς να το βοηθήσεις αυτό», είπε η γάτα

« Nous sommes tous fous ici »

«Είμαστε όλοι τρελοί εδώ»

« Tu joues au croquet avec la reine aujourd'hui ? »

«Παίζεις κροκέ με τη βασίλισσα σήμερα;»

— **J'aimerais beaucoup, dit Alice**

«Θα ήθελα πάρα πολύ», είπε η Αλίκη

« mais je n'ai pas encore été invité »

"αλλά δεν έχω προσκληθεί ακόμα"

« Tu me verras là-bas », dit le Chat

«Θα με δεις εκεί», είπε η γάτα

et d'un instant à l'autre le chat disparaissait

Και από τη μια στιγμή στην άλλη η γάτα εξαφανίστηκε

bientôt Alice arriva en vue de la maison du lièvre de marche

σύντομα η Αλίκη είδε το σπίτι του λαγού του μαρτίου

C'était une très grande maison

Αυτό ήταν ένα πολύ μεγάλο σπίτι

alors Alice ne voulait pas s'approcher de la maison

έτσι η Αλίκη δεν ήθελε να πάει κοντά στο σπίτι

D'abord, elle a dû grignoter un peu plus du morceau de champignon du côté gauche

Πρώτα έπρεπε να τσιμπήσει λίγο περισσότερο από την αριστερή πλευρά του μανιταριού

Un thé fou

Ένα τρελό πάρτι τσαγιού

Devant la maison, il y avait un arbre

Μπροστά από το σπίτι υπήρχε ένα δέντρο

et sous l'arbre, il y avait une table

και κάτω από το δέντρο υπήρχε ένα τραπέζι

et la table était dressée avec toutes sortes de couverts

και το τραπέζι ήταν στρωμένο με κάθε είδους μαχαιροπίρουνα

Le lièvre de mars et le chapelier étaient à table

Ο λαγός του Μαρτίου και ο κατασκευαστής καπέλων ήταν στο τραπέζι

et ensemble ils prenaient le thé

και μαζί έπιναν τσάι

Un loir était assis entre eux

Ανάμεσά τους καθόταν ένας μπακαλιάρος

et le loir dormait profondément

Και η ράχη κοιμόταν γρήγορα

La table était d'une taille extraordinaire

Το τραπέζι ήταν εξαιρετικού μεγέθους

mais la majeure partie de la table était inoccupée

Αλλά το μεγαλύτερο μέρος του τραπεζιού ήταν άδειο

Ils étaient assis serrés les uns contre les autres dans un coin de la table

Κάθισαν συνωστισμένοι μαζί σε μια γωνία του τραπεζιού

et pourtant ils s'excusaient quand ils voyaient Alice

και όμως βρήκαν δικαιολογίες όταν είδαν την Αλίκη

« Pas de place ! Pas de place ! » crièrent-ils

"Δεν υπάρχει χώρος! Δεν υπάρχει χώρος!» φώναξαν

« Il y a beaucoup de place ! » dit Alice avec indignation

«Υπάρχει αρκετός χώρος!» είπε αγανακτισμένη η Αλίκη

À l'une des extrémités de la table, il y avait un grand fauteuil

Στη μία άκρη του τραπεζιού υπήρχε μια μεγάλη πολυθρόνα

et Alice s'assit dans le fauteuil

και η Αλίκη κάθισε στην πολυθρόνα

Le chapelier ouvrit de grands yeux

Ο κατασκευαστής καπέλων άνοιξε τα μάτια του πολύ διάπλατα

Il n'arrivait pas à croire ce qu'il voyait

Δεν μπορούσε να πιστέψει αυτό που έβλεπε

Mais son esprit était curieux d'autres choses

Αλλά το μυαλό του ήταν περίεργο για άλλα πράγματα

« Pourquoi un corbeau est-il comme un bureau ? »

"Γιατί ένα κοράκι είναι σαν ένα γραφείο;"

Alice était prête à relever le défi

Η Αλίκη ήταν ανοιχτή στην πρόκληση

« Je suis content qu'ils aient commencé à poser des énigmes »

«Χαίρομαι που έχουν αρχίσει να ρωτούν γρίφους»

— Je crois que je peux le deviner, ajouta-t-elle à haute voix

«Πιστεύω ότι μπορώ να το μαντέψω αυτό», πρόσθεσε δυνατά

Le lièvre de mars s'est curieux de connaître Alice

Ο λαγός της πορείας έγινε περίεργος για την Αλίκη

« Pensez-vous vraiment que vous pouvez trouver la réponse ? »

"Πιστεύετε πραγματικά ότι μπορείτε να βρείτε την απάντηση;"

— Je crois que je peux trouver la réponse, en effet, dit Alice

«Νομίζω ότι μπορώ να βρω την απάντηση πράγματι», είπε η Αλίκη

« Alors, tu devrais dire ce que tu veux dire », continua le lièvre de marche

«Τότε πρέπει να πεις τι εννοείς», συνέχισε ο λαγός της πορείας

— Je dis ce que je pense, répondit vivement Alice

«Λέω αυτό που εννοώ», απάντησε βιαστικά η Αλίκη

« à tout le moins, je pense ce que je dis »

«τουλάχιστον εννοώ αυτό που λέω»

« C'est la même chose, vous savez »

«Αυτό είναι το ίδιο πράγμα, ξέρεις»

Le loir a également contribué à la conversation

O Dormouse συνέβαλε επίσης στη συζήτηση
mais le loir semblait parler dans son sommeil
Αλλά η ραχιαία φαινόταν να μιλάει στον ύπνο της
« Je respire quand je dors »
«Αναπνέω όταν κοιμάμαι»
« Je dors quand je respire ! »
«Κοιμάμαι όταν αναπνέω!»
« Autant dire qu'ils sont les mêmes aussi »
"Θα μπορούσατε κάλλιστα να πείτε ότι είναι το ίδιο επίσης"
« C'est la même chose pour toi », dit le chapelier
«Είναι το ίδιο πράγμα με σένα», είπε ο κατασκευαστής
καπέλων
Et il versa un peu de thé sur le nez du loir
Και έριξε λίγο τσάι στη μύτη της ράχης
Le Loir secoua la tête avec impatience
O Dormouse κούνησε το κεφάλι του ανυπόμονα
et le loir parla de nouveau, sans ouvrir les yeux
Και πάλι η ραχιαία μίλησε, χωρίς να ανοίξει τα μάτια της
« Bien sûr, bien sûr que c'est la même chose »
«Φυσικά, φυσικά και είναι το ίδιο»
« C'est juste ce que j'allais dire moi-même »
«αυτό ακριβώς θα έλεγα ο ίδιος»

Le chapelier se tourna vers Alice et lui posa une autre question

Ο κατασκευαστής καπέλων γύρισε στην Αλίκη και έκανε μια άλλη ερώτηση

« As-tu déjà deviné l'énigme ? »

"Έχετε μαντέψει ακόμα το αίνιγμα;"

« Non, j'abandonne », a concédé Alice

«Όχι, παραιτούμαι», παραδέχτηκε η Αλίκη

« Quelle est la réponse ? » voulait-elle savoir

«Ποια είναι η απάντηση;» ήθελε να μάθει

— Je n'en ai pas la moindre idée, dit le chapelier

«Δεν έχω την παραμικρή ιδέα», είπε ο κατασκευαστής καπέλων

« Moi non plus, » dit le lièvre de marche

«Ούτε ξέρω», είπε ο λαγός της πορείας

Alice poussa un soupir de lassitude

Η Αλίκη έβγαλε έναν κουρασμένο αναστεναγμό

« Il y a de meilleures utilisations du temps que des énigmes sans réponses »

«Υπάρχουν καλύτερες χρήσεις του χρόνου από τους γρίφους χωρίς απαντήσεις»

« Prends encore du thé », dit le lièvre de marche à Alice, très sérieusement

«Πιες λίγο ακόμα τσάι», είπε ο λαγός στην Αλίκη, πολύ σοβαρά

Alice était assez offensée par l'offre

Η Αλίκη ήταν αρκετά προσβεβλημένη από την προσφορά

— Je n'ai pas encore pris de thé, répondit Alice

«Δεν έχω πιει ακόμα τσάι», απάντησε η Αλίκη

« donc je ne peux plus prendre de thé »

"επομένως δεν μπορώ να πιω άλλο τσάι"

— Vous voulez dire que vous ne pouvez pas prendre moins de thé, dit le chapelier

«Εννοείς ότι δεν μπορείς να έχεις λιγότερο τσάι», είπε ο κατασκευαστής καπέλων

« C'est très facile de prendre plus que rien »

"Είναι πολύ εύκολο να πάρεις περισσότερα από το τίποτα"

À ces mots, Alice se leva et s'en alla
Σε αυτό, η Αλίκη σηκώθηκε και έφυγε
Le loir s'endormit instantanément
Η ραχιαία αποκοιμήθηκε αμέσως
et ni l'un ni l'autre ne firent la moindre attention à son départ
Και κανένας από τους άλλους δεν έδωσε την παραμικρή σημασία στο να φύγει
bien qu'elle ait regardé en arrière une ou deux fois
αν και κοίταξε πίσω μία ή δύο φορές
Ils essayaient de mettre le loir dans la théière
Προσπαθούσαν να βάλουν τη ράχη στην τσαγιέρα
« En tout cas, je n'y retournerai plus ! » dit Alice
«Εν πάση περιπτώσει, δεν θα πάω ποτέ ξανά εκεί!» είπε η Αλίκη
et elle se fraya un chemin à travers les bois
Και περπάτησε μέσα στο δάσος
« c'était le thé le plus stupide auquel j'aie jamais assisté »
«Αυτό ήταν το πιο ηλίθιο πάρτι τσαγιού που έχω πάει ποτέ»
Juste au moment où elle disait cela, elle remarqua quelque chose
Μόλις το είπε αυτό, παρατήρησε κάτι
L'un des arbres avait une porte qui y menait directement
Ένα από τα δέντρα είχε μια πόρτα που οδηγούσε ακριβώς μέσα σε αυτό
« C'est très intéressant ! » a-t-elle pensé
«Αυτό είναι πολύ ενδιαφέρον!» σκέφτηκε
« Je pense que je peux aussi bien passer la porte »
«Νομίζω ότι θα μπορούσα κάλλιστα να περάσω την πόρτα»
Et elle passa par la porte
Και μέσα από την πόρτα πήγε
Une fois de plus, elle se retrouva dans le long couloir
Για άλλη μια φορά βρέθηκε στη μεγάλη αίθουσα
de nouveau, elle était près de la petite table de verre
Και πάλι ήταν κοντά στο μικρό γυάλινο τραπέζι

Elle prit la petite clé d'or
Πήρε το μικρό χρυσό κλειδί
et elle ouvrit la porte qui donnait sur le jardin
Και ξεκλείδωσε την πόρτα που οδηγούσε στον κήπο
Puis elle s'est mise au travail pour grignoter le champignon
Στη συνέχεια, άρχισε να εργάζεται τσιμπολογώντας το μανιτάρι
Elle avait gardé un morceau du champignon dans sa poche
Είχε κρατήσει ένα κομμάτι από το μανιτάρι στην τσέπη της
Et finalement, elle mesurait environ un mètre
Και τελικά ήταν περίπου ένα μέτρο ψηλό
Puis elle descendit le petit couloir
Στη συνέχεια περπάτησε στο μικρό διάδρομο
Et puis elle s'est finalement retrouvée dans le magnifique jardin
Και τελικά βρέθηκε στον όμορφο κήπο
et elle était parmi les fleurs brillantes et les fontaines fraîches
Και ήταν ανάμεσα στο φωτεινό λουλούδι και τις δροσερές βρύσες

Le terrain de croquet de la reine

Το κροκέ έδαφος της βασίλισσας

Un grand rosier se dressait près de l'entrée du jardin

Μια μεγάλη τριανταφυλλιά βρισκόταν κοντά στην είσοδο του κήπου

Les roses qui poussaient sur l'arbre étaient blanches

Τα τριαντάφυλλα που φύτρωναν στο δέντρο ήταν λευκά

Mais il y avait trois jardiniers qui peignaient la rose

Αλλά υπήρχαν τρεις κηπουροί που ζωγράφιζαν το τριαντάφυλλο

Ils étaient occupés à peindre les roses en rouge

Έβαφαν με ζήλο τα τριαντάφυλλα κόκκινα

et Alice les regardait peindre les roses en rouge

και η Αλίκη τους έβλεπε να βάφουν τα τριαντάφυλλα κόκκινα

et soudain leurs yeux tombèrent par hasard sur Alice

και ξαφνικά τα μάτια τους έτυχε να πέσουν πάνω στην Αλίκη

Alice parlait un peu timidement

Η Αλίκη μίλησε λίγο δειλά

« Pourriez-vous me le dire, s'il vous plaît ? »

"Θα μου πείτε, παρακαλώ;"

« Pourquoi peignez-vous tous ces roses ? »

«Γιατί ζωγραφίζετε όλοι αυτά τα τριαντάφυλλα;»

cinq et sept ne dirent rien, mais regardèrent deux

Πέντε και επτά δεν είπαν τίποτα, αλλά κοίταξαν δύο

deux d'entre eux parlèrent à voix basse

Δύο μίλησαν, με χαμηλή φωνή

— Eh bien, le fait est, voyez-vous, madame.

"Γιατί, το γεγονός είναι, βλέπετε, κυρία"

« Celui-ci aurait dû être un rosier rouge »

"Αυτό εδώ θα έπρεπε να ήταν μια κόκκινη τριανταφυλλιά"

« Et nous avons mis un rosier blanc par erreur »

"Και βάλαμε μια λευκή τριανταφυλλιά κατά λάθος"

« Comme vous en conviendrez, la reine ne doit pas le découvrir »

«Όπως θα συμφωνούσατε, η βασίλισσα δεν πρέπει να το

μάθει»
« Sinon, nous aurions tous la tête tranchée »
«Αλλιώς θα μας έκοβαν όλοι τα κεφάλια»
« Alors vous voyez, madame, nous faisons de notre mieux »
«Βλέπετε, κυρία, κάνουμε ό,τι καλύτερο μπορούμε»
La cinquième carte avait regardé anxieusement à travers le jardin
Η κάρτα πέντε κοιτούσε με αγωνία στον κήπο
À ce moment, la cinquième carte cria : « La dame ! La reine !
Εκείνη τη στιγμή η κάρτα πέντε φώναξε: «Η βασίλισσα! Η βασίλισσα!»
Et les trois jardiniers s'enfuirent aussitôt
Και οι τρεις κηπουροί έτρεξαν αμέσως μακριά
et ils se jetèrent à plat ventre
Και ρίχτηκαν στα πρόσωπά τους
Il y eut un bruit de nombreux pas
Ακούστηκε ένας ήχος πολλών βημάτων
Alice regarda autour d'elle, impatiente de voir la reine
Η Αλίκη κοίταξε γύρω της, ανυπομονώντας να δει τη βασίλισσα
Au début de la procession se trouvaient dix soldats
Στην αρχή της πομπής ήταν δέκα στρατιώτες
leurs mains et leurs pieds étaient dans les coins
Τα χέρια και τα πόδια τους ήταν στις γωνίες
et dans leurs mains et leurs pieds étaient des massues
και στα χέρια και στα πόδια τους ήταν ρόπαλα
Venaient ensuite les dix courtisans
Ακολούθησαν οι δέκα αυλικοί
Les courtisans étaient partout ornés de diamants
Οι αυλικοί ήταν στολισμένοι παντού με διαμάντια
Après les courtisans sont venus les enfants royaux
Μετά τους αυλικούς ήρθαν τα βασιλικά παιδιά
Il y avait dix enfants royaux
Υπήρχαν δέκα από τα βασιλικά παιδιά
et tous les enfants royaux étaient ornés de cœurs
Και όλα τα βασιλικά παιδιά ήταν στολισμένα με καρδιές
Venaient ensuite les invités ; principalement des rois et des

reines

Στη συνέχεια ήρθαν οι καλεσμένοι. κυρίως βασιλιάδες και βασίλισσες

et parmi les rois et la reine, Alice vit quelqu'un

και ανάμεσα στους βασιλιάδες και τη βασίλισσα Αλίκη είδε κάποιον

Elle revit le lapin blanc qu'elle avait chassé

Είδε ξανά το λευκό κουνέλι που είχε κυνηγήσει

Le cortège était suivi par le valet de cœur

Την πομπή ακολούθησε το μαχαίρι της καρδιάς

Il portait la couronne du roi

Κουβαλούσε το στέμμα του βασιλιά

et la couronne du roi était sur un coussin de velours cramoisi

Και το στέμμα του βασιλιά ήταν σε ένα πορφυρό βελούδινο μαξιλάρι

Et puis vint la fin de ce grand cortège

Και τότε ήρθε το τέλος αυτής της μεγάλης πομπής

Et là, à la fin, il y avait le Roi et la Reine de Cœur

Και εκεί στο τέλος ήταν ο βασιλιάς και η βασίλισσα των καρδιών

le cortège arriva en face d'Alice

η πομπή ήρθε απέναντι από την Αλίκη

et ils s'arrêtèrent tous et la regardèrent

Και όλοι σταμάτησαν και την κοίταξαν

et la reine dit sévèrement : « Qui est-ce ? »

Και η βασίλισσα είπε αυστηρά: «Ποιος είναι αυτός;»

Elle l'a dit au Valet de Cœur

Το είπε στο Knave of Hearts

Mais il s'est contenté de s'incliner et de sourire en réponse

Αλλά απλώς έσκυψε και χαμογέλασε ως απάντηση

Alice parla très poliment

Η Αλίκη μίλησε πολύ ευγενικά

« Je m'appelle Alice, alors faites plaisir à Votre Majesté »

«Το όνομά μου είναι Αλίκη, γι' αυτό παρακαλώ μεγαλειότατε»

Mais elle avait d'autres pensées pour elle-même

Αλλά είχε άλλες σκέψεις για τον εαυτό της

« Ce n'est qu'un jeu de cartes, après tout ! »
«Είναι μόνο ένα πακέτο χαρτιά, τελικά!»
« Savez-vous jouer au croquet ? » cria la reine
«Μπορείς να παίξεις κροκέ;» φώναξε η βασίλισσα
La question était évidemment destinée à Alice
Η ερώτηση προφανώς προοριζόταν για την Αλίκη
— Oui ! dit Alice d'une voix forte
«Ναι!» είπε δυνατά η Αλίκη
« Venez jouer alors ! » rugit la reine
«Έλα να παίξεις τότε!» φώναξε η βασίλισσα
une voix timide s'adressa à Alice
μια δειλή φωνή μίλησε στην Αλίκη
« C'est une très belle journée ! »
"Είναι μια πολύ ωραία μέρα!"
Elle se promenait près du lapin blanc
Περπατούσε δίπλα στο λευκό κουνέλι
et le Lapin Blanc jetait un coup d'œil anxieux sur son visage
και το Λευκό Κουνέλι κρυφοκοίταζε ανήσυχο στο πρόσωπό
της
« Une très belle journée, en effet, confirma Alice
«μια πολύ ωραία μέρα πράγματι», επιβεβαίωσε η Αλίκη
« Où est la duchesse ? »
«Πού είναι η δούκισσα;»
« Chut ! Chut ! dit le Lapin
«Σώπα! Σώπα!» είπε το κουνέλι
« Elle est sous le coup d'une sentence d'exécution »
«Είναι καταδικασμένη σε εκτέλεση»
« Pourquoi est-elle exécutée ? » demanda Alice
«Για ποιο λόγο εκτελείται;» ρώτησε η Αλίκη
« Elle a éraflé les oreilles de la reine », commença le lapin
«Έσκισε τα αυτιά της βασίλισσας», άρχισε το κουνέλι
cria la reine d'une voix de tonnerre
Η βασίλισσα φώναξε με φωνή βροντής
« Retournez à vos endroits ! »
"Πηγαίνετε στα μέρη σας!"
et les gens se mirent à courir dans toutes les directions
Και οι άνθρωποι άρχισαν να τρέχουν προς όλες τις

κατευθύνσεις
et ils tombèrent tous les uns contre les autres
Και όλοι έπεσαν ο ένας πάνω στον άλλο
Cependant, ils se sont calmés en une minute ou deux
Ωστόσο, τακτοποιήθηκαν σε ένα ή δύο λεπτά
Et puis le jeu a commencé
Και τότε άρχισε το παιχνίδι
Alice n'avait jamais vu un terrain de croquet aussi curieux
Η Αλίκη δεν είχε δει ποτέ ένα τόσο περίεργο έδαφος κροκέ
L'herbe n'était que crêtes et sillons
Το γρασίδι ήταν όλο κορυφογραμμές και αυλάκια
Les boules de croquet étaient de vrais hérissons
Οι μπάλες κροκέ ήταν πραγματικοί σκαντζόχοιροι
Et les maillets étaient de vrais flamants roses
Και τα σφυρί ήταν πραγματικά φλαμίνγκο
et les soldats se tinrent sur leurs mains et leurs pieds
Και οι στρατιώτες στάθηκαν στα χέρια και τα πόδια τους
Parce que les arches ont été faites à partir de leurs corps
επειδή οι καμάρες ήταν φτιαγμένες από τα σώματά τους
Les joueurs ont tous joué en même temps
Όλοι οι παίκτες έπαιξαν ταυτόχρονα
Personne n'attendait son tour
Κανείς δεν περίμενε τη σειρά του
et tout le monde se querellait avec tout le monde
Και όλοι τσακώνονταν με όλους
et tous se battaient pour les hérissons
και όλοι πολεμούσαν για τους σκαντζόχοιρους
Bientôt, la reine fut dans une colère furieuse
Σύντομα η βασίλισσα ήταν σε ένα μανιασμένο πάθος
et elle s'est mise à piétiner et à crier
Και άρχισε να χτυπάει και να φωνάζει
« Coupez-lui la tête ! »
«Κόψε το κεφάλι του!»
« Coupez-lui la tête ! »
«Κόψε το κεφάλι της!»
« Coupez-leur la tête ! »
«Κόψτε όλα τα κεφάλια τους!»

De nouveau, Alice pensa en elle-même

Και πάλι η Αλίκη σκέφτηκε τον εαυτό της

« Ils sont affreusement friands de décapiter les gens ici »

«Τους αρέσει τρομερά να αποκεφαλίζουν ανθρώπους εδώ»

**« Ce qui est très étonnant, c'est qu'il reste quelqu'un en vie !
»**

«Το μεγάλο θαύμα είναι ότι υπάρχει κάποιος που έχει
μείνει ζωντανός!»

Elle cherchait un moyen de s'échapper

Έψαχνε για κάποιο τρόπο διαφυγής

Elle remarqua une curieuse apparition dans l'air

Παρατήρησε μια περίεργη εμφάνιση στον αέρα

« C'est le chat du Cheshire », se dit-elle

«Είναι η γάτα Cheshire», είπε στον εαυτό της

« maintenant j'aurai quelqu'un à qui parler »

«Τώρα θα έχω κάποιον να μιλήσω»

« Comment vas-tu ? » dit le chat

«Πώς τα πας;» είπε η γάτα

**« Je ne pense pas qu'ils jouent du tout équitablement », a
déclaré Alice**

«Δεν νομίζω ότι παίζουν καθόλου δίκαια», είπε η Alice

et elle avait un ton plutôt plaintif

Και είχε έναν μάλλον παραπονεμένο τόνο

« Ils se querellent tous si affreusement »

«Όλοι τσακώνονται τόσο φοβερά»

« On ne s'entend pas parler »

«Δεν μπορεί κανείς να ακούσει τον εαυτό του να μιλάει»

« Et ils ne semblent pas jouer selon des règles »

«Και δεν φαίνεται να παίζουν με κανέναν κανόνα»

le chat a posé une question à Alice à voix basse

η γάτα έκανε μια ερώτηση στην Αλίκη με χαμηλή φωνή

« Comment aimez-vous la reine ? »

«Πώς σου αρέσει η βασίλισσα;»

— Je ne l'aime pas du tout, dit Alice

«Δεν μου αρέσει καθόλου», είπε η Αλίκη

Alice pensa qu'elle ferait aussi bien d'y retourner

Η Αλίκη σκέφτηκε ότι θα μπορούσε κάλλιστα να γυρίσει πίσω

Elle voulait voir comment le match se passait

Ήθελε να δει πώς πήγαινε το παιχνίδι

Elle est partie à la recherche de son hérisson

Έφυγε αναζητώντας τον σκαντζόχοιρό της

Le hérisson était occupé à combattre un autre hérisson

Ο σκαντζόχοιρος ήταν απασχολημένος με την καταπολέμηση ενός άλλου σκαντζόχοιρου

C'était une excellente occasion

Αυτή ήταν μια εξαιρετική ευκαιρία

Elle pouvait croquer un hérisson avec l'autre

Θα μπορούσε να κροκέ έναν σκαντζόχοιρο με τον άλλο

Mais son flamant rose était de l'autre côté du jardin

Αλλά το φλαμίνγκο της ήταν στην άλλη πλευρά του κήπου

Le flamant rose était plutôt maladroit

Το φλαμίνγκο ήταν μάλλον αδέξια

Son flamant rose essayait de s'envoler dans un arbre

Το φλαμίνγκο της προσπαθούσε να πετάξει πάνω σε ένα δέντρο

Elle attrapa le flamant rose par la patte

Έπιασε το φλαμίνγκο από το πόδι

Et elle glissa le flamant rose sous son bras

Και έβαλε το φλαμίνγκο κάτω από το μπράτσο της

De cette façon, le flamant rose ne pouvait plus s'échapper

Με αυτόν τον τρόπο το φλαμίνγκο δεν μπορούσε να δραπετεύσει ξανά

Juste à ce moment-là, Alice rencontra la duchesse

Ακριβώς τότε η Αλίκη έτυχε να συναντήσει τη δούκισσα

La duchesse était maintenant sortie de prison

Η δούκισσα ήταν τώρα έξω από τη φυλακή

Elle glissa affectueusement son bras sous celui d'Alice

Έβαλε το χέρι της στοργικά κάτω από το μπράτσο της Αλίκης

puis ils sont partis ensemble

και μετά έφυγαν μαζί

Alice était très heureuse de la trouver d'une humeur si agréable

Η Αλίκη ήταν πολύ χαρούμενη που την βρήκε σε μια τόσο ευχάριστη ιδιοσυγκρασία

Elle était cependant un peu surprise

Ωστόσο, ξαφνιάστηκε λίγο

Elle entendit la voix de la duchesse près de son oreille

Άκουσε τη φωνή της δούκισσας κοντά στο αυτί της

« Tu penses à quelque chose, ma chérie »

«Σκέφτεσαι κάτι, αγαπητέ μου»

« Et ça fait oublier de parler »

«Και αυτό σε κάνει να ξεχνάς να μιλήσεις»

« Le jeu se passe un peu mieux maintenant », a déclaré Alice

«Το παιχνίδι πηγαίνει μάλλον καλύτερα τώρα», είπε η Alice

C'était une façon de poursuivre la conversation

Ήταν ένας τρόπος να συνεχιστεί η συζήτηση

— C'est vrai, dit la duchesse

«Είναι πράγματι έτσι», είπε η δούκισσα
« Et la morale de cela est la suivante : »
"Και το ηθικό δίδαγμα αυτού είναι αυτό:"
« C'est l'amour qui fait tout ! »
«Είναι η αγάπη που τα κάνει όλα!»
« L'amour est ce qui fait tourner le monde »
"Η αγάπη είναι αυτό που κάνει τον κόσμο να γυρίζει"
Alice avait une autre explication
Η Αλίκη είχε μια άλλη εξήγηση
« C'est fait par tout le monde qui s'occupe de ses propres affaires ! »
"Γίνεται από τον καθένα που νοιάζεται για τη δουλειά του!"
— Ah ! Vous pourriez avoir raison"
«Α, καλά! Θα μπορούσες να έχεις δίκιο»
— Tout cela signifie à peu près la même chose, dit la duchesse
«Όλα σημαίνουν περίπου το ίδιο πράγμα», είπε η δούκισσα
et elle enfonça son petit menton pointu dans l'épaule d'Alice
και έσκαψε το κοφτερό πηγούνι της στον ώμο της Αλίκης
« Et la morale de cela est la suivante »
«Και το ηθικό δίδαγμα αυτού είναι αυτό»
« Prendre soin du sens »
"Φροντίστε την αίσθηση"
« Et puis les sons prendront soin d'eux-mêmes »
"και τότε οι ήχοι θα φροντίσουν τον εαυτό τους"
Mais alors le bras de la duchesse se mit à trembler
Αλλά τότε το χέρι της δούκισσας άρχισε να τρέμει
Alice leva les yeux et la reine se tenait là
Η Αλίκη κοίταξε ψηλά και εκεί στεκόταν η βασίλισσα
La reine avait les bras croisés
Η βασίλισσα είχε τα χέρια της διπλωμένα
Et elle fronçait les sourcils comme un orage !
Και συνοφρυωνόταν σαν καταιγίδα!
« Je vous préviens », cria la reine
«Σας δίνω δίκαιη προειδοποίηση», φώναξε η βασίλισσα
et elle piétina le sol tout en parlant
Και έπεσε στο έδαφος καθώς μιλούσε

« Soit ta tête, soit sa tête doit être coupée »
"Είτε το κεφάλι σου είτε το κεφάλι της πρέπει να είναι σβηστό"
« Faites votre choix ! »
"Πάρτε την επιλογή σας!"
« Et soyez rapide à ce sujet »
"Και να είστε γρήγοροι γι 'αυτό"
La duchesse fait son choix
Η δούκισσα έκανε την επιλογή της
et au bout d'un instant la duchesse avait disparu
Και μέσα σε μια στιγμή η δούκισσα είχε φύγει
Puis la reine s'adressa à Alice
Τότε η βασίλισσα μίλησε στην Αλίκη
« Continuons le jeu »
«Πάμε με το παιχνίδι»
Alice était trop effrayée pour dire un mot
Η Αλίκη ήταν πολύ φοβισμένη για να πει μια λέξη
et elle la suivit lentement jusqu'au terrain de croquet
Και σιγά-σιγά την ακολούθησε πίσω στο κροκέ έδαφος
Pendant tout ce temps, la reine s'est querellée avec les autres joueurs
Όλη την ώρα η βασίλισσα τσακωνόταν με τους άλλους παίκτες
« Coupez-lui la tête ! »
«Κόψε το κεφάλι του!»
« Coupez-lui la tête ! »
«Κόψε το κεφάλι της!»
« Coupez-leur la tête ! »
«Κόψτε όλα τα κεφάλια τους!»
Bientôt, tous les joueurs ont été en garde à vue
Σύντομα όλοι οι παίκτες τέθηκαν υπό κράτηση
il ne restait que le roi, la reine et Alice
Μόνο ο βασιλιάς, η βασίλισσα και η Αλίκη παρέμειναν
Puis la reine s'en alla, tout à fait essoufflée
Τότε η βασίλισσα έφυγε, με κομμένη την ανάσα
et elle s'en alla avec Alice
και έφυγε με την Αλίκη

Alice entendit le roi dire quelque chose
Η Αλίκη άκουσε τον βασιλιά να λέει κάτι ήσυχα
« Vous êtes tous pardonnés »
«Σας συγχωρούν όλοι»
Mais soudain, un autre cri se fit entendre
Αλλά ξαφνικά ακούστηκε μια άλλη κραυγή
« Le procès commence ! »
«Η δίκη αρχίζει!»
et Alice courut avec les autres
και η Αλίκη έτρεξε μαζί με τους άλλους

Qui a volé les tartes ?

Ποιος έκλεψε τις τάρτες;

Le roi et la reine de cœur étaient assis

Ο βασιλιάς και η βασίλισσα των καρδιών κάθονταν

ils étaient sur leur trône quand Alice arriva

ήταν στο θρόνο τους όταν έφτασε η Αλίκη

Il y avait une grande foule rassemblée autour d'eux

Υπήρχε ένα μεγάλο πλήθος συγκεντρωμένο γύρω τους

Il y avait toutes sortes de petits oiseaux et de bêtes

Υπήρχαν όλα τα είδη μικρών πουλιών και θηρίων

Et il y avait tout le paquet de cartes

και υπήρχε ολόκληρο το πακέτο των καρτών

Le coquin se tenait devant eux, enchaîné

Το μαχαίρι στεκόταν μπροστά τους, αλυσοδεμένο

et il y avait un soldat de chaque côté pour le garder

Και υπήρχε ένας στρατιώτης σε κάθε πλευρά για να τον φυλάει

près du roi était le lapin blanc

κοντά στον βασιλιά ήταν το λευκό κουνέλι

Il avait une trompette dans une main

Είχε μια τρομπέτα στο ένα χέρι

et il avait un rouleau de parchemin dans l'autre main

Και είχε έναν κύλινδρο περγαμηνής στο άλλο χέρι

Au milieu de la cour se trouvait une table

Στη μέση του γηπέδου υπήρχε ένα τραπέζι

Sur la table, il y avait un grand plat de tartes

Στο τραπέζι υπήρχε ένα μεγάλο πιάτο τάρτες

« J'aimerais qu'ils fassent le procès », pensa Alice

«Μακάρι να γινόταν η δίκη», σκέφτηκε η Αλίκη

« Alors nous pourrions manger quelques-uns de ces rafraîchissements ! »

«Τότε θα μπορούσαμε να φάμε μερικά από αυτά τα αναψυκτικά!»

Le juge, soit dit en passant, était le roi
Ο δικαστής, παρεμπιπτόντως, ήταν ο βασιλιάς
et il portait sa couronne sur sa grande perruque
Και φόρεσε το στέμμα του πάνω από τη μεγάλη περούκα
του
« C'est le banc des jurés, pensa Alice
«Αυτή είναι η κριτική επιτροπή», σκέφτηκε η Αλίκη
« Et ces douze créatures, je suppose qu'elles sont les jurés »
«Και αυτά τα δώδεκα πλάσματα, υποθέτω ότι είναι οι
ένορκοι»
certains étaient des animaux, et d'autres étaient des oiseaux
Μερικά ήταν ζώα και μερικά ήταν πουλιά
Juste à ce moment-là, le lapin blanc a crié
Ακριβώς τότε το λευκό κουνέλι φώναξε
« Silence dans la cour ! »
«Σιωπή στο δικαστήριο!»

« Héraut, lisez l'accusation ! » dit le roi

«Κήρυκα, διάβασε την κατηγορία!» είπε ο βασιλιάς

Le lapin blanc souffla trois coups de trompette

Το λευκό κουνέλι φύσηξε τρεις εκρήξεις στην τρομπέτα

Puis il déroula le parchemin

Στη συνέχεια ξετύλιξε την περγαμηνή-κύλινδρο

Et il a lu ce qui suit :

και διάβασε τα εξής:

« La reine de cœur, elle a fait des tartes, »

«Η βασίλισσα των καρδιών, έφτιαξε μερικές τάρτες»

« Tout cela, elle l'a fait un jour d'été »

«Όλα αυτά τα έκανε μια καλοκαιρινή μέρα»

« Le valet de cœur, il a volé ces tartes »

«Το μαχαίρι της καρδιάς, έκλεψε αυτές τις τάρτες»

« Et il a emporté ces tartes loin ! »

«Και πήρε αυτές τις τάρτες μακριά!»

« Appelez le premier témoin », dit le roi

«Κάλεσε τον πρώτο μάρτυρα», είπε ο βασιλιάς

et le lapin blanc souffla trois coups de trompette

Και το λευκό κουνέλι φύσηξε τρεις εκρήξεις στη σάλπιγγα

« Amenez le premier témoin ! » cria-t-il

«Φέρτε τον πρώτο μάρτυρα!» φώναξε

Le premier témoin était le chapelier

Ο πρώτος μάρτυρας ήταν ο κατασκευαστής καπέλων

Il entra avec une tasse de thé dans une main

Ήρθε με ένα φλιτζάνι τσαγιού στο ένα χέρι

et il avait un morceau de pain et de beurre dans l'autre main

Και είχε ένα κομμάτι ψωμί και βούτυρο στο άλλο χέρι

« Tu aurais dû finir », dit le roi

«Έπρεπε να τελειώσεις», είπε ο βασιλιάς

« Quand avez-vous commencé ? »

«Πότε ξεκίνησες;»

Le chapelier regarda le lièvre de marche

Ο κατασκευαστής καπέλων κοίταξε τον λαγό της πορείας

Le lièvre de marche l'avait suivi dans la cour

Ο Λαγός του Μαρτίου τον είχε ακολουθήσει στην αυλή

Il avait marché bras dessus bras dessous avec le loir

Είχε περπατήσει χέρι-χέρι με τη ραχιαία
« Le quatorzième mars, je crois, dit-il
«Δεκατέσσερις Μαρτίου, νομίζω ότι ήταν», είπε
« Rendez votre témoignage », dit le roi
«Δώσε τις αποδείξεις σου», είπε ο βασιλιάς
« Et ne sois pas nerveux, ou je te ferai exécuter sur-le-champ »
"και μην είσαι νευρικός, αλλιώς θα σε εκτελέσω επί τόπου"
Cela n'a pas semblé encourager du tout le témoin
Αυτό δεν φάνηκε να ενθαρρύνει καθόλου τον μάρτυρα
Il n'arrêtait pas de se déplacer d'un pied sur l'autre
Συνέχισε να μετατοπίζεται από το ένα πόδι στο άλλο
et il regarda la reine avec inquiétude
Και κοίταξε αμήχανα τη βασίλισσα
et, dans sa confusion, il mordit un gros morceau de sa tasse de thé
Και, μέσα στη σύγχυσή του, δάγκωσε ένα μεγάλο κομμάτι από το φλυτζάνι του τσαγιού του
En réalité, il voulait croquer dans son pain et son beurre
Πραγματικά ήθελε να δαγκώσει από το ψωμί και το βούτυρο του
Juste à ce moment, Alice éprouva une sensation très curieuse
Ακριβώς εκείνη τη στιγμή η Αλίκη ένιωσε μια πολύ περίεργη αίσθηση
Elle commençait à grossir à nouveau
Είχε αρχίσει να μεγαλώνει και πάλι
Le misérable chapelier laissa tomber sa tasse de thé
Ο δυστυχισμένος κατασκευαστής καπέλων έριξε το φλιτζάνι τσαγιού του
et le pain et le beurre tombèrent à terre
και το ψωμί και το βούτυρο έπεσαν στο έδαφος
et il mit un genou à terre
και έπεσε στο ένα γόνατο
« Je suis un pauvre homme, Votre Majesté », a-t-il commencé
«Είμαι ένας φτωχός άνθρωπος, μεγαλειότατε», άρχισε
« Vous êtes un bien mauvais orateur, » dit le roi
«Είσαι πολύ κακός ομιλητής», είπε ο βασιλιάς

« Tu peux y aller, » dit le roi

«Μπορείς να πας», είπε ο βασιλιάς

et le chapelier quitta précipitamment la cour

Και ο κατασκευαστής καπέλων έφυγε βιαστικά από το γήπεδο

« Appelez le témoin suivant ! » dit le roi

«Καλέστε τον επόμενο μάρτυρα!» είπε ο βασιλιάς

Le témoin suivant fut le cuisinier de la duchesse

Ο επόμενος μάρτυρας ήταν ο μάγειρας της δούκισσας

Elle portait la poivrière à la main

Κρατούσε το κουτί με το πιπέρι στο χέρι της

et les gens près de la porte se mirent à éternuer tout à coup

Και οι άνθρωποι κοντά στην πόρτα άρχισαν να φτερνίζονται μονομιάς

« Rendez votre témoignage », dit le roi

«Δώσε τις αποδείξεις σου», είπε ο βασιλιάς

— Je ne donnerai aucun témoignage, dit le cuisinier

«Δεν θα δώσω αποδείξεις», είπε ο μάγειρας

Le roi regarda anxieusement le lapin blanc

Ο βασιλιάς κοίταξε με αγωνία το λευκό κουνέλι

Et le lapin blanc parlait d'une voix douce

Και το λευκό κουνέλι μίλησε με ήρεμη φωνή

« Votre Majesté doit contre-interroger ce témoin »

«Η Μεγαλειότητά σας πρέπει να εξετάσει κατ' αντιπαράσταση αυτόν τον μάρτυρα»

« Eh bien, s'il le faut, il le faut, » dit le roi

«Λοιπόν, αν πρέπει, πρέπει», είπε ο βασιλιάς

« De quoi sont faites les tartes ? »

"Από τι είναι φτιαγμένες οι τάρτες;"

« Les tartes sont faites de poivre, principalement », a déclaré le cuisinier

«Οι τάρτες φτιάχνονται κυρίως από πιπέρι», είπε ο μάγειρας

Pendant quelques minutes, toute la cour fut dans la confusion

Για μερικά λεπτά ολόκληρο το δικαστήριο ήταν σε σύγχυση

Finalement, ils se sont tous calmés

Τελικά όλοι τακτοποιήθηκαν ξανά
Mais à ce moment-là, le cuisinier avait disparu
Αλλά μέχρι τότε ο μάγειρας είχε εξαφανιστεί
« N'importe ! » dit le roi
«Μην ανησυχείτε!» είπε ο βασιλιάς
« Appel à la barre du prochain témoin »
«Καλέστε στο εδώλιο τον επόμενο μάρτυρα»
Alice regarda le lapin blanc qui tâtonnait sur la liste
Η Αλίκη παρακολουθούσε το λευκό κουνέλι καθώς έψαχνε
τη λίστα
**Vous pouvez imaginer sa surprise à ce qu'elle a entendu
ensuite**
Μπορείτε να φανταστείτε την έκπληξή της σε αυτό που
άκουσε στη συνέχεια
à tue-tête de sa petite voix aiguë, il appela le nom « Alice ! »
στην κορυφή της διαπεραστικής μικρής φωνής του, φώναξε
το όνομα "Αλίκη!"

Le témoignage d'Alice

Τα στοιχεία της Αλίκης

« Ici ! » s'écria Alice

«Εδώ!» φώναξε η Αλίκη

Elle se leva d'un bond en toute hâte

Πήδηξε πάνω σε μια μεγάλη βιασύνη

et elle renversa le banc des jurés

Και έγειρε πάνω από την κριτική επιτροπή

et elle renversa tous les jurés

Και χτύπησε όλους τους ενόρκους

et ils tombèrent sur la tête de la foule en bas

Και έπεσαν πάνω στα κεφάλια του πλήθους από κάτω.

Alice était dans un grand désarroi

Η Αλίκη ήταν σε μεγάλη απογοήτευση

« Oh ! je vous demande pardon ! » s'écria-t-elle

«Ω, ζητώ συγνώμη!» αναφώνησε

« Le procès ne peut pas avoir lieu », dit le roi

«Η δίκη δεν μπορεί να προχωρήσει», είπε ο βασιλιάς

« Les jurés doivent retourner à leur place »

«Οι ένορκοι πρέπει να επιστρέψουν στις σωστές τους θέσεις»

Il répéta l'ordre avec beaucoup d'emphase

Επανέλαβε τη διαταγή με μεγάλη έμφαση

et il regarda Alice d'un air sévère

και κοίταξε την Αλίκη αυστηρά

« Que savez-vous de ces événements ? » demanda le roi à Alice

«Τι ξέρεις γι' αυτά τα γεγονότα;» ρώτησε ο βασιλιάς την Αλίκη

— Je ne sais rien à ce sujet, dit Alice

«Δεν ξέρω τίποτα για το θέμα», είπε η Αλίκη

Le roi lut ensuite un extrait de son livre

Ο βασιλιάς τότε διάβασε από το βιβλίο του

« Règle quarante-deux »

"Κανόνας σαράντα δύο"

« Toutes les personnes de plus d'un kilomètre de haut doivent quitter le tribunal »

«Όλα τα άτομα που έχουν ύψος πάνω από ένα μίλι πρέπει
να φύγουν από το δικαστήριο»
« Je ne suis pas à un mille de haut, » dit Alice
«Δεν είμαι ούτε ένα μίλι ψηλά», είπε η Αλίκη
« Près de deux milles de haut », dit la reine
«Σχεδόν δύο μίλια ύψος», είπε η βασίλισσα

— Eh bien, je refuse d'y aller, dit Alice
«Λοιπόν, αρνούμαι να πάω», είπε η Αλίκη
Le roi pâlit
Ο βασιλιάς έγινε χλωμός
et il ferma précipitamment son carnet
Και έκλεισε βιαστικά το σημειωματάριό του
« Considérez votre verdict », a-t-il dit au jury
«Σκεφτείτε την ετυμηγορία σας», είπε στους ενόρκους
Il parlait d'une voix basse et tremblante
Μίλησε με χαμηλή, τρεμάμενη φωνή
Puis le lapin blanc prit la parole
Τότε μίλησε το λευκό κουνέλι

« Il y a encore plus de preuves à venir »
«Υπάρχουν περισσότερα στοιχεία να έρθουν ακόμα»
et il se leva d'un bond en toute hâte
Και πήδηξε πάνω σε μια μεγάλη βιασύνη
« Ce papier vient d'être retiré »
"Αυτό το χαρτί μόλις παραλήφθηκε"
« On dirait que c'est une lettre écrite par le prisonnier »
«Φαίνεται να είναι ένα γράμμα γραμμένο από τον
κρατούμενο»
Il déplia le papier tout en parlant
Ξεδίπλωσε το χαρτί καθώς μιλούσε
« Ce n'est pas une lettre, après tout »
«Δεν είναι γράμμα, τελικά»
« Ce que c'était, c'était un ensemble de versets »
«Αυτό που ήταν ήταν ένα σύνολο στίχων»
« S'il vous plaît, Votre Majesté », dit le coquin
«Παρακαλώ, μεγαλειότατε», είπε ο μαχητής
« Je n'ai pas écrit ces vers »
«Δεν έγραψα εγώ αυτούς τους στίχους»
« et ils ne peuvent pas prouver que j'ai écrit quoi que ce
soit »
«και δεν μπορούν να αποδείξουν ότι έγραψα τίποτα»
« Il n'y a pas de nom signé à la fin »
"Δεν υπάρχει όνομα υπογεγραμμένο στο τέλος"
Le roi parla au fripon
Ο βασιλιάς μίλησε στον Knave
« Vous avez dû vouloir causer des méfaits »
«Πρέπει να ήθελες να προκαλέσεις κάποια αταξία»
« Sinon, tu aurais signé ton nom comme un honnête
homme »
«Αλλιώς θα είχες υπογράψει το όνομά σου σαν τίμιος
άνθρωπος»
Il y eut un claquement général de mains
Υπήρξε ένα γενικό χτύπημα των χεριών
Et le roi se tourna vers le lapin blanc
Και ο βασιλιάς στράφηκε στο λευκό κουνέλι
« Lisez les vers », ordonna-t-il

«Διαβάστε τους στίχους», διέταξε
Il y eut un silence de mort dans la cour
Επικρατούσε νεκρική σιγή στο δικαστήριο
et le lapin blanc lut les versets
Και το λευκό κουνέλι διάβασε τους στίχους
Ils m'ont dit que vous étiez allé chez elle
Μου είπαν ότι είχες πάει σε αυτήν
Et ils lui parlèrent de moi
Και του ανέφεραν
Elle m'a donné un bon caractère
Μου έδωσε έναν καλό χαρακτήρα
Mais elle a dit que je ne savais pas nager
Αλλά είπε ότι δεν μπορούσα να κολυμπήσω
Il leur a fait savoir que je n'étais pas parti
Τους έστειλε μήνυμα ότι δεν είχα πάει
Nous savons que c'est vrai
Γνωρίζουμε ότι είναι αλήθεια
Si elle poussait l'affaire, que deviendriez-vous ?
Αν έπρεπε να προωθήσει το θέμα, τι θα γινόταν με εσάς;
Je lui en ai donné un, ils lui en ont donné deux
Της έδωσα ένα, του έδωσαν δύο
Vous nous en avez donné trois ou plus
Μας δώσατε τρία ή περισσότερα
Ils sont tous revenus de sa part vers vous
Όλοι επέστρεψαν από αυτόν σε σένα
bien qu'ils aient été les miens avant
αν και ήταν δικά μου πριν
Si j'avais la chance d'être
Αν τύχει να είμαι
Si j'étais impliqué dans cette affaire
Αν εγώ ή αυτή συμμετείχα σε αυτή την υπόθεση
Il compte en vous pour les libérer
Σας εμπιστεύεται να τους ελευθερώσετε
Exactement comme nous étions
Ακριβώς όπως ήμασταν
Mon idée, c'est que vous aviez été
Η αντίληψή μου ήταν ότι ήσουν

Avant qu'elle n'ait cette crise
Πριν είχε αυτό το fit
Un obstacle qui s'est dressé entre
Ένα εμπόδιο που μπήκε ανάμεσα
Lui, et nous-mêmes, et cela
Εκείνος, και εμείς οι ίδιοι, και αυτό
Ne lui faites pas savoir qu'elle les aimait mieux
Μην τον αφήσετε να καταλάβει ότι της άρεσαν περισσότερο
Car cela doit être à jamais un secret, caché à tous les autres
Γιατί αυτό πρέπει να είναι για πάντα μυστικό, κρυμμένο από όλα τα υπόλοιπα
Ce secret doit rester un secret entre vous et moi
Αυτό το μυστικό πρέπει να παραμείνει μυστικό ανάμεσα σε σένα και εμένα
Le roi était très impressionné
Ο βασιλιάς εντυπωσιάστηκε πολύ
« C'est la preuve la plus importante que nous ayons entendue jusqu'à présent »
«Αυτό είναι το πιο σημαντικό αποδεικτικό στοιχείο που έχουμε ακούσει μέχρι στιγμής»
— Je ne crois pas que ces vers aient un atome de sens, objecta Alice
«Δεν πιστεύω ότι αυτοί οι στίχοι φέρουν ένα άτομο νοήματος», αντέτεινε η Αλίκη
le roi avait sa propre opinion sur la question
ο βασιλιάς είχε τη δική του γνώμη για το θέμα
« S'il n'y a pas de sens dans ces mots, cela sauve un monde de problèmes »
«Αν δεν υπάρχει νόημα σε αυτές τις λέξεις, αυτό σώζει έναν κόσμο προβλημάτων»
« Alors nous n'avons pas besoin d'essayer de trouver le sens »
«Τότε δεν χρειάζεται να προσπαθήσουμε να βρούμε το νόημα»
« Laissons le jury délibérer sur son verdict »
«Αφήστε τους ενόρκους να εξετάσουν την ετυμηγορία

τους»

« Non, non ! » dit la reine

«Όχι, όχι!» είπε η βασίλισσα

« La condamnation d'abord, le verdict ensuite »

«Πρώτα η καταδίκη – ετυμηγορία μετά»

« Des bêtises et des bêtises ! » dit Alice à haute voix

«Πράγματα και ανοησίες!» είπε δυνατά η Αλίκη

« Comme il est stupide de condamner l'accusé en premier ! »

«Πόσο ανόητο είναι να καταδικάζεις πρώτα τον κατηγορούμενο!»

« Tais-toi ! » dit la reine en devenant violette

«Κράτα τη γλώσσα σου!» είπε η βασίλισσα, μοβ

« Je ne me tairai pas ! » dit Alice

«Δεν θα κρατήσω τη γλώσσα μου!» είπε η Αλίκη

cria la reine à tue-tête

Η βασίλισσα φώναξε στην κορυφή της φωνής της

« Coupez-lui la tête ! »

«Κόψε το κεφάλι της!»

Personne n'a fait un mouvement

Κανείς δεν έκανε κίνηση

« Qui se soucie de ce que vous dites ? » dit Alice

«Ποιος νοιάζεται τι λες;» είπε η Αλίκη

Elle avait atteint sa taille maximale à ce moment-là

Είχε μεγαλώσει στο πλήρες μέγεθός της μέχρι εκείνη τη στιγμή

« Tu n'es rien d'autre qu'un jeu de cartes ! »

«Δεν είσαι παρά ένα πακέτο χαρτιά!»

À ces mots, toutes les cartes se levèrent dans les airs

Σε αυτό, όλα τα χαρτιά σηκώθηκαν στον αέρα

et toutes les cartes s'abattaient sur elle

Και όλα τα χαρτιά έπεσαν πάνω της

Elle poussa un petit cri

Έβγαλε μια μικρή κραυγή

Elle était à moitié effrayée, mais aussi en colère

Ήταν μισοφοβισμένη, αλλά και θυμωμένη

Et elle a essayé de se battre contre les cartes

Και προσπάθησε να παλέψει τα χαρτιά από τον εαυτό της

puis elle se retrouva allongée sur le talus d'herbe

Και τότε βρέθηκε ξαπλωμένη στην όχθη του γρασιδιού

Sa tête était sur les genoux de sa sœur

Το κεφάλι της ήταν στην αγκαλιά της αδελφής της

Des feuilles mortes s'étaient posées sur son visage

Μερικά νεκρά φύλλα είχαν προσγειωθεί στο πρόσωπό της

et sa sœur balayait doucement les feuilles

Και η αδελφή της βούρτσιζε απαλά τα φύλλα μακριά

« Réveille-toi, ma chère Alice ! » dit sa sœur

«Ξύπνα, Αλίκη αγαπημένη!» είπε η αδελφή της

« Quel long sommeil tu as eu ! »

«Τι μακρύς ύπνος είχες!»

« Oh, j'ai fait un rêve si curieux ! » dit Alice

«Ω, είχα ένα τόσο περίεργο όνειρο!» είπε η Αλίκη

Et elle raconta à sa sœur tout ce qu'elle pouvait se rappeler

Και είπε στην αδελφή της όλα όσα μπορούσε να θυμηθεί

toutes les étranges aventures que vous venez de lire

Όλες οι παράξενες περιπέτειες για τις οποίες μόλις

διαβάσατε
Alice se leva et s'enfuit en courant
Η Αλίκη σηκώθηκε και έφυγε τρέχοντας
et elle pensait, tout en courant, à son rêve
Και σκέφτηκε, ενώ έτρεχε, το όνειρό της
« Quel rêve merveilleux cela avait été ! »
"Τι υπέροχο όνειρο ήταν!"